JN144251

銀河叢書

徴用日記その他

石川達三

幻戯書房

目次

I　徴用日記より

II　作家は直言すべし

装幀　緒方修一

徴用日記その他

本書は、石川達三による既刊単著未収録の文章の中から、日記・随筆・評論作品を精選し収録したものです。

各章は基本的に、Ⅰ＝南方徴用に関連するもの、Ⅱ＝戦中に発表されたもの、Ⅲ＝戦後から戦中を振り返ったもの、Ⅳ＝戦後の政治状況に関しての発言、Ⅴ＝文学やジャーナリズムに関しての発言、Ⅵ＝没後に発表された日記として分類し、構成しています。

各作品の表記は基本的に発表時のままとし、漢字や送り仮名などの統一は行なっていません。ただし、一部の作品は著作権者と協議の上、旧仮名遣いを新仮名遣いに改めました。また、あきらかな誤記や脱字と思われるものの訂正、ルビの整理、補足説明の追加などの処理を施した箇所があります。

本文中、今日では不適切と思われる表現がありますが、原文が書かれた時代背景や、著者が故人であるという事情に鑑み、そのままとしました。

Ⅰ　徴用日記より

台湾
カルカッタ
ビルマ
ハノイ
ハイフォン
海口
海南島
タイ
ラングーン
バンコック
アンダマン
諸島
仏領印度支那
フィリピン
サイゴン
プロ・コンドル島
ニコバル諸島
サラワク王国
サバン
クタラジャ
ペナン
英領マレー
英保護領北ボルネオ
バツパハット
シンガポール
セレベス島
メナド
バンカ島
カリマタ島
スマトラ島
蘭領東インド
バタビヤ
スラバヤ
スンダ海峡
小スンダ列島
ボイテンソルグ
バンドン
ジャワ島

「徴用日記」主要登場地

十二月（昭和十六年）

二十四日

午前九時海軍省に出頭。私は海軍の徴用を受けて報道班に所属していた。開戦から半月、ハワイ急襲があり、プリンス・オヴ・ウェルズの撃沈があり、いまフィリピンとマレーと香港とで戦争は進行している。これまでのところでは大変に好調のようである。

唐木少佐に会う。「石川さんに一つサイゴンへ行って貰いたいんです」と言った。「今度は軍属ではなくて海軍の人間になって貰うんですから、そのつもりで。……特に喧しい注文はしません」、自分で計画を立てて自由に行動してもらう訳です、云々。

日高中佐に会う。サイゴンの報道部の石田中佐に機密の伝言を頼むと言う。（電報ではまずいのでね……）と。私はメモを取る訳にも行かないので、忘れないように記憶した。それは、（サイゴン放送局から出す謀略放送に使うのに、適当な人間が居る、必要ならば派遣する用意がある）という簡単なものだったが、戦争の裏側をふとのぞいて見たような気がした。

私は南方に取材した小説を書こうなどという考えは、捨てようと思った。今は公務につくべき時だ。私は日比谷公園をぬけて銀座へ行き、南方の地理や歴史を知っておく為に本を五六冊買い、パステルを買う。近日中に飛行機で出発することになるらしい。正午すぎ帰宅。出発の準備。

二十八日（日）

婦人雑誌Sの記者が古橋中佐の紹介名刺を持って来訪。南方通信を送ってくれという用件。先方は商売気である。紹介者に敬意を表して（もし書けるならば……）と答えて置いたが、S誌の商策に片棒をかつぐ気はない。

二十九日（月）

海軍省報道部を訪ね冨永少佐に会う。同盟通信社の飛行機を明朝飛ばせるように目下交渉中であるが、機長が病気でどうするか解らないという。古橋中佐は「シンガポールはどうせ一月一杯で陥ちますからね」と言った。「蘭印（オランダ領東インド。現在のインドネシア）はやるかどうかわからない。やらなくて済むかも知れない。目下手を付けずに、様子を見ているんですがね」と。

夕刻、明日の出発は延期ときまる。

去る二十五日香港陥落。

一月（昭和十七年）

五日（月）

昨四日マニラ陥落。マレー戦線も南下をつづけているらしい。早朝海軍省から速達。出発は七日と決定。いま私は心から自分の健康がほしいと思う。

九日（金）

この数日、東京と横須賀との間を何回か往復した。出発は八日の船と決まったが、その船に乗ったところが解纜（かいらん）は明日だという。だから船室をきめて鞄を入れただけで、また東京へ帰った。今朝七時、真白い霜を踏んで家を出た。子供たちはまだ寝ていた。あどけない寝顔であった。九時すぎ乗船。これは南氷洋の捕鯨母船の極洋丸という船で、一万七千噸（トン）。捕鯨の用事が無くなったので輸送船に使われている。

昼食の最中に解纜。いきなり（佐世保へ廻って油を積んで行け）という命令が来た。この船は油なら二万屯も積めるらしい。おかげで私のサイゴン着はまた数日遅れるらしい。徴用の新聞記者やニュース・カメラマン二十数名と同船である。

午後四時鎮守府から無電あり。（伊豆大島下田付近は特に警戒を厳重にすべし）という。アメリカの潜水艦二隻がこの付近を動いているらしい。数日前にも下田沖の近いところで貨物船が沈められ、沿岸住民が決死隊を組織した由。そんなニュースは一度も聞いたことがなかった。この船は船体がカキで汚れ、時速七ノットしか出ないという。魚雷で狙われたら忽ちやられるだろう。鎮守府は（沿岸十マイル以内を航行せよ）と言って来たが、豪胆な船長はわざと沖へ出るつもりだと言う。高射砲も小銃もない、完全無防備の船だ。夜八時小雨。洋上一点の灯火もない。一歩国土をはなれると、この海上はすべて戦場であった。風呂は有ったが、どうも気味が悪い。裸の所をやられたら醜態である。入浴はやめて、いつでも跳び出せるように、固いベッドでごろ寝をする。

十日（土）

未明には風と潮にさえぎられて時速三マイルしか走れなかった。朝七時北方に美しい富士山が見えた。駿河湾まで来たのだろうと思ったところが、船尾に伊豆大島が見えていた。昨日から二十時間も走りつづけて、まだ下田沖であった。私たちは鯨を料理する広いデッキを、寒風に吹かれながら食事のたびごとに走った。機雷や自動車や飛行機の翼など一杯積んであった。夜の食事が終わると大急ぎで船尾の自室へ帰る。ぐづぐづしているとデッキが真暗になって、手探りで帰らなくてはならない。

十一日（日）

紀州沖から土佐沖へかかる。

十三日（火）

早朝長崎沖通過。結局佐世保に着いたのは夕方であった。街から離れているので今日の上陸は不可能である。岸から本船まで太いパイプを通して夜通し油の積み込み。

朝のニュースでセレベス島メナドの占領を知る。また日本の仲介によって独ソ停戦協定が進行中らしい。世界史の大きな転換の時期である。いまは、あらゆる日本人が政治的である。ロマンティックな時代だとも言い得る。

十五日（木）

佐世保。

東京を出るとき海軍報道部の将校は、「出発したらすぐ台湾ですからね、防寒具は何も要りません。被服は現地で支給します。月給も勿論です」と言った。だから私は外套を何も持たない。ところが急に佐世保に廻った。そしてここは雪だ。寒さは寒く所持金は乏しい。数日ぶりに上陸し、街で酒を飲む。何かしら釈然としない。

十九日（月）
十六日出港。その夜からまる二昼夜、荒れに荒れた。船は東支那海の真中に向っているらしい。嵐の中で無電が入った。「十八日朝基隆（キールン）を去る五十哩（マイル）の海上で一汽船が撃沈された」と言う。
今朝、黒潮に入った。海上は晴れ、気温上る。十時避難訓練を行う。救命具を付け避難すべきボートを指定される。便乗者たちは「敵が出るならいま出てもらいたいね」と言って笑った。明日も明後日もこの危険な航海はつづく。そして船足は六ノット半だという。
海がおだやかになると便乗者達はトランプを始め麻雀をはじめる。事件が起るまでは何もする事がないのだ。みんな覚悟はできている。「鮫にだけは食われたくないね」と一人が言うと、他の一人が応じて「俺は大丈夫だ。鮫皮の靴をはいてるからね」と笑った。昨夜は佐世保で買って来た一升瓶があったので、皆で飲んだ。飲むと、みんな女房の事を語った。街に居たときは宜しからぬ亭主でも、ここまで来ると善良な良人であった。「女房に対する愛は君、地下水だよ。他人には解らんが、しかしどんな日照りにも涸れることはない」などと言う。語り尽すとさっぱりした顔になって、自分たちの船室へ寝に行った。二度も三度も従軍したことのある、図太い連中であった。

二十一日
ゆくりなくも澎湖島に上陸して、新聞社の支局で一夜の宿を借りる。ここは年中烈風が吹いていて、樹木は高く茂ることができない島である。少々の野菜と落花生しか生えない。夜は灯火を消していて、すばらしい星空を見た。
港務部の水兵が自分の下宿へ遊びに来てくれとしきりに誘う。海南島上陸をやって来た陸戦隊の一員である。下宿へ行って見ると六畳一室で、壁に写真を貼りポスターを貼り、ありとあらゆる装飾をして身辺を賑やかにしているのが、何とも憐れであった。私たちの為に走って西瓜を買いに行き、汗を流して戻って来た。まだ二十歳過ぎの、良い水兵であった。相川君と言った。

二十二日
未明解纜。小さい汽船に乗りかえる。極洋丸は吃水が深くて高雄港に入れないからだという。午後四時高雄入港。十三日間の航海。上陸してから武官府に電話をかけたところ、艦隊副官は吾々の事は何も知らないと言う。海軍報道部は私たちを捕鯨船に乗せたままで忘れてしまったらしい。忘れられた私たちが、もしもこの街で知らぬ顔をしていたら、報道部も忘れっぱなしになるのではないだろうか。呆れたはなしだ。
どうしようかと一同、しきりに相談した結果、どうも飛行機は宛てにしても駄目らしいから、港の将校に頼んで、船便をさがして貰うことにする。とりあえず宿を取る。一月末、東京は大寒の最中であるが、この街の人は浴衣で歩いている。ようやく寒さから解放された。

二十三日
正午に至急命令が来て、午後二時集合、午後五時出帆だという。泡を喰って港へ行き、指定の船に乗ったところ、部屋は満員で余地はないと言う。下船してまた待機。馬鹿なはなしだ。

二十四日
待機。

二十五日
待機。今朝マニラへ行く数名は飛行機で出発。

二十六日
早朝飛行場に向う。
台北から飛行機は来たが、座席は満員だという。飛行長が怒りだして、逆に明朝吾々のために一式陸上攻撃機二機を出してくれることになった。
夕刻、昨日マニラへ行った一行数名が戻って来た。サイゴン行きに変更になったと言う。「マニラへ小便しに行って来た」と彼等は笑っていた。しかし海軍の無秩序無計画には呆れて物が言えない。思うに蘭印ビルマ方面の作戦が活発化するのではないか。

二十七日
高雄出発。行く先は海南島の海口である。座席のない飛行機での三時間半は楽ではなかった。

側面の機銃座から上空の寒気が吹きこんで来る。眠ることもできない。

海南島付近は雲が低く、慎重に旋回。低空になってから後尾の荷物が重かった為にやや失速状態となり、着地のとき尾輪の軸が折れた。機長は真蒼になっていた。

夜は海南島ホテルで新聞記者たちとビールを飲む。

二十八日

サイゴン着。

中途半端な放浪に似た旅がようやく終りになった。横須賀を出てからサイゴンまで二十日かかった。朝五時海南島発。機上で、冷いぼろぼろの握り飯を食う。午後一時すぎサイゴン着。腕時計を二時間遅らせる。松岡主計中尉に案内されて市中にある報道部の事務所へ行き、報道班員としての宣誓をさせられる。そして腕章を与えられた。つまり忠誠を誓わせられた訳である。

石田中佐が出張不在であったから、報道部長堀内大佐に、東京から命じられて来た機密の伝言を伝えた。すると堀内大佐は鼻の先でふンと笑った。そして「余計なことだ」と呟いた。一体海軍というのは何をしているのだろうか、と私は思った。

新聞社の報道班員はみなサイゴンに支局があるので、食も住も車もかねも不自由しない。私だけは単独だから何もない。松岡中尉の好意で、ホテル・デ・ナシオンの半地下みたいな部屋をとってもらった。ここのホテル代は誰が払うのか、私は知らない。徴用の命令を出して私をここまで連れて来たからには、海軍は私を養う義務がある。

二十九日

華僑の街ショロンへ遊びに行く。大世界という賭博場が賑わっている。小さな賭博の店が並んでいる。安南人（アンナン）の曳く腕車（わんしゃ）に乗り、浅く酔った頬に涼しい夜風を受け、月を眺めながら走るのは快感であった。フランス人はカフェのテラスで赤葡萄酒を飲み、あるいは街の女と手を組んで歩き、日本人を無視したような姿である。彼等の領土的主権は尊重されているが、尊重されたままで形骸と化しつつある。

日本側が管理している家屋は約四百棟。先日フランスの郵便局長がその家屋を〔空家と見なす〕と称して電燈電話一切を止めてしまった。その直後たちまち彼は日本の銃剣付の兵士によって護送せられ、始末書二通を書かされて、電燈電話を復活させられた。

〔駐仏印〕全権大使芳沢謙吉は軍からは邪魔もの扱いにされている。一ケ月まえに芳沢氏が佛印総督との間にとりきめた話を、海軍渉外部が取り消させるのにひどく骨を折った。日本側は共同防衛協定〔昭和十六年七月二十三日締結〕をあらゆる場合に利用して、フランス側のあらゆる機関に勢力を浸潤させつつある。そして在住フランス人はひそかに英米の勝利を願っている。三色旗を背景にしたペタン元帥のポスターは街の至るところの壁に貼られて示威の役目を果してはいるが、ペタン元帥〔ヴィシー政権（一九四〇－四四）主席〕そのものがドイツに屈服しているのだから、街のポスターはむしろ悲劇的である。

私は約十年前に、ブラジル行きの移民船に乗ってサイゴンに着き、街を歩き夕食をしたためた記憶がある。その時の記憶とくらべて見て、どうも街の様子が違っている。カチナという商店街も街の中心のホテルも教会も元のままであるが、何となく風景が違っている。さんざん考えて、やっと思い当った。街の並木が成長しているのだ。以前は一階の庇までしかなかった並木が今は二階の軒まで伸びている。この並木で暑気をさえぎっているのであろうか。

三十一日

いっしょにサイゴンへ来た新聞社の連中は、毎日東京の本社へ通信を送っている。取材の便宜もあり無電もある。私は何もない。自分で計画を立てて動くより仕方がない。艦隊報道部長堀内大佐は始めは針鼠のように棘々しい一面を見せていたが、今はそれ程でもない。私を大佐の官邸に起居させようとする腹があると人から聞いたが、窮屈なはなしだ。

安南人は貧しい階級でも明朗で、怠惰ではあるが暗くない。車夫は車の中で眠り、人夫たちは舗道に横になって、星を仰ぎながら眠っている。容貌は大変に日本人に近いが、生活感情はかなり違うようだ。冬のない国の民衆は怠惰になるのであろうか。

二月

一日

報道班の後続部隊到着。彼等は海南島の海口から船で来たが、途中で仲間の汽船二隻は沈められ、彼等の船だけが無事に着いたという。その精神的緊張と疲労との為、みんな背筋が痛いと言っていた。

午後三時部長官邸に集合。配属の命令あり。A班は一両日中にシンガポールに向って出発。(同港はまだ占領されていない。)B班は明日朝サイゴン港から掃海艇に乗れ。行く先は言わない、行って見れば解るだろう。C班はたった一人でボルネオへ行け。近日中に飛行機の便があるはず。D班はしばらく当地にて待機。必要に応じて前線へ出される。そして私は当地に止まることになり、報道部員宿舎に部屋を与えられて引越した。

新築二階建ての小ざっぱりした独立家屋で、何の飾りもないが、煽風機付きシャワー付き電話付きで、車庫まで付いていた。ここならば仕事ができそうだが、さて私は報道班員として何をしたらいいのか。上からの命令はない。何とか考えなくてはならない。

夜、部長官邸の食事に呼ばれる。連絡参謀、根拠地隊参謀など来あわせて、三人の大佐は酒を飲みながら色ばなしに花を咲かせていた。
サイゴンの街に冬はないが、それでも草木には冬の季節があるらしく、亭々たるゴムの木から大きな枯葉がしきりに落ちて来る。

二日

報道部長堀内大佐東京へ出張。飛行場まで見送る。夜、鹿屋航空隊の司令以下十名と会食。喧々囂々（けんけんごうごう）たる宴会であった。プリンス・オヴ・ウェルスやレパルスを撃沈した連中だから、意気天を突く感じであった。まだ二十一二歳の紅顔の若い少尉などは、まるで中学生のように勇ましかった。

五日

シンガポールは紀元節には入城式だろうという説がある。日本軍は海峡の手前のジョホールバールまで行ったという説もある。今日から二三日はシンガポールに関する戦況は一切報道禁止になった。禁止のあいだに総攻撃の準備がすすめられるのだろうと言う。
私は単独で、自分の仕事として、仏印進駐の最初から対米開戦に至るまでの実状を調査して纏めてみたいと思っている。仏印進駐は対米戦争の基盤をなす重大な要素である。もし日本が進駐しなかったら仏印は英米の基地になったに違いない。タイは英の支配下につき、ビルマも同様である。香港マニラの攻撃にも危険が加わる。そうなればソ連が北方から出て来るかも知れない。

そう考えて来ると仏印進駐の意味は大きいが、内地の人は殆んど何も知らない。この事実を記録することができれば、私の従軍も意味があるだろう。但し当時の事情を調べ資料を集めることはかなり困難である。しかもそれらの資料はほとんどすべてがなお軍事機密であって、提供を拒まれるであろうし、記録のないものも少くない。また私がそれを書き得たとしても、発表はほとんど不可能であろうと思う。

八日
今日夜半十二時を期して、シンガポール総攻撃が始まるという消息を聞いた。私は松岡中尉に、飛行機に便乗してシンガポールへ行きたいと希望しておいた。行けるだろうと思う。新聞社の連中は、「良いウイスキィを持って来てくれ」などと、暢気なことを言っていた。

九日
今未明一時半、シンガポール無血上陸という報告を聞いた。少し怪しい。

十一日
紀元節。
数日前に海路シンガポールへ出て行った報道班員二名とニュース映画社員一名の乗った船エッシー号千六百屯が、潜水艦にやられたという。沈没はまぬがれたが火災を起し、プロ・コンドル島に逃れ、ようやく今夕サイゴンに帰って来ると言う。日の暮れがた、軍用桟橋まで迎えに行った。ニュース映画の角石君は行方不明になっていた。（この事件については他に書いたから、ここでは省略する。〔本書所収「サイゴンの紀元節」参照〕）

十二日

シンガポールなお完全占領に至らず。

午後三時、上條部隊熊谷隊の中庭で、エッシー号と木曽川丸の乗員に対する合同慰霊祭が行なわれた。報道部長は上京中のため代理石田中佐、松岡中尉、エッシー号生き残りの報道班員吉田君と熊崎君、それに若月君と私とが参列した。行方不明になったニュース映画の角石君には（報道班、奏任官待遇角石秀雄の霊）という位牌が祀られてあった。僧は居ないので、制服の水兵がひとり、読経した。

夕刻、陸軍報道班の大宅壮一氏とカチナの通りで会う。近くジャワに向うという話であった。

十三日

シンガポールに於て陸軍付き報道班員五名死傷したという報告が入った。報道班員の事故も多くなった。必要な行動の危険は已むを得ないが、充分な警戒はして貰いたい。エッシー号は救命ボートも不足しライフジャケットも無くて、しかも一切の武装なしで、船団も組まず、ただ一隻で夜の海へ出て行った。この輸送計画は軍部の無責任ではなかったろうか。角石君はまだ何の仕事もしないうちに行方不明になった。彼を犬死せしめたのは海軍の無計画のせいではないだろうか。

夜、フランス側連絡将校ブランシャル邸の晩餐に、石田中佐、松岡中尉と同道して、フランス料理を御馳走になる。十時半辞去。

十五日（日）

今日は安南人の正月元日であるという。道理で昨夜からしきりに爆竹の音がして、人力車も数が少なかった。安南人の商店はみな休みである。

朝九時、シンガポールの海軍要塞司令部を占領したというニュースが入る。また午後三時、敵の軍使が白旗をかかげて降服して来たとの通知あり。私はそういう（熱いニュース）からはどうしても立ち遅れるから、仏印進駐誌でもまとめる事を考えようと思う。

昼過ぎ、陸軍報道班長町田中佐と松井翠声（すいせい）君〔漫談家〕とに会う。町田中佐はスリッパのままで街を歩き、白昼から酔っていた。コンチネンタル・ホテルのテラスに坐ってビールを飲みながら、前の映画館に集っている女たちの品定めをしていた。この傍若無人な姿をフランス人や安南人はどう思っているであろうか。

夜、シンガポール陥落を祝うというので、日本軍の指令でネオンその他の燈火をせい一杯につけさせ、街を明るくしていた。つい先日エッシー号でひどい眼に会った報道班の新聞記者二名は、今日の午後の飛行機でシンガポールへ飛び出して行った。元気な青年たちだ。

十八日

上京していた報道部長堀内大佐が帰って来た。留守中は石田中佐が代理をしていた。彼はハノイからサイゴンへ来るとき、広東だか台湾だかの女数人を連れて来た。そして日中から情痴に入りびたっていた。仏国駐在中にフランス軍人の女遊びを見習って来たらしい。堀内大佐とは神経的に相容れない所があるらしい。堀内大佐は東京へ行って来てから、報道班の仕事に熱を失ったような口ぶりであるが、海軍自体が報道班を活用する術を知らず、少々持て余しているのではないのか。私はしきりに単独行動を望んでいるが、そういう都合に行くかどうか。

十九日

朝日新聞川原記者、単独でボルネオのクチンに派遣ときまり、出発。

この町に於ける日本軍人の暴逆はすさまじい。その乱暴は陸軍に限られ、しかも将校に限られている。或る将校がショロンの盛り場で酔ってシナ人をなぐり、拳銃をもって威嚇し、暴れまわっているのを目撃した。また或る将校はフランス人の集まるカフェのテラスでズボンを脱いでしまった。或る者は当地で通用するはずのない日本貨幣を車夫に与えて立ち去り、車夫が抗議するとなぐり倒した。設営隊のトラック運転手は白昼無銭飲食をして立ち去り、或る将校は仏人の家庭に侵入して夫人に戯れかかった。こういう話を頻々として耳にする。仏人や安南人にとって、ここは戦場ではないのだ。

堀内報道部長の内地向け放送原稿を代理執筆。

シナ人の町ショロンでシンガポール陥落の祝賀式があった。勿論シナ人たちの日本人に対する阿諛(あゆ)である。列席した日本人将校が、掲揚してある日章旗の日の丸が小さいと注意したところが、相手のシナ人は直ちに答えて、(ああ、もう大きくしても宜いですね)と言った。聞いた日本人たちは愕然としたと言う。

二十日

第一南遣艦隊旗艦鳥海がサイゴンに来ていることを知り、これに便乗してシンガポールへ行く事を計画。交渉の結果案外すらすらと運んだ。同行は毎日新聞若月記者。二十三日正午乗艦、二十四五日頃深夜、艦隊を率いて出港。この手筈を確認する為に若月君と二人で少々駆け廻ったが、確定するに及んで、ビール一杯づつの乾杯で前途を自祝した。これでとも角サイゴンを離れられる。

改造社社長山本實彦が来たので贅らせてやろうというので、毎日新聞中山善三郎、若月五郎両君と彼のホテル・コンチネンタルへ押しかけ、持参の日本酒を出させて夕食を御馳走になる。それから三人でショロンへ遊びに行った。

大世界という遊楽地でビールを飲んでいると、第一南遣艦隊の松林副官がはいって来た。二十三日から鳥海で厄介になるので宜しくという挨拶をする。安南人のジャズ・バンドにビールを御馳走したら、彼等は喜んで日本の歌ばかり演奏した。酒は涙かため息か、支那の夜、愛国行進曲、麦と兵隊まではまだ良かったが、隣り組の歌に至って嫌らしくなって来た。フランス人は全く姿を見せなくなった。日本人はそれを（無血占領）と言って笑っている。

二十二日（日）

サイゴンはこの暑さが年中つづくのだ。それを思うとやり切れない。安南呆けと記者たちは言っている。日本の冬の寒さがどんなに有難い事かと思う。

二十三日（月）

早朝、起きて直ぐに水浴。斎戒沐浴という感じであった。毎日新聞若月記者と二人で報道部へ挨拶に行き、二月分俸給の前払いをして貰う。外地手当も何もないのだから、私は第一級の貧乏をしている。本俸は自宅へ送ってくれなくては、自宅の家族は飢えるはづだが、何も送ってない。海軍は事務的に全く支離滅裂だ。被服の給与など気ぶりも見せてくれないから、私は着た切り雀である。

第二西貢（さいごん）丸という五十屯ばかりの小船に乗り、デッキに坐ったままでサイゴン川を下る。約五時間で腕も脛も烈日に焦げてぴりぴり痛んだ。日本から来たばかりの水兵十名と同船したが、彼等はみな冬服だった。それをみな黙って耐えていた。

サイゴン川の殆んど河口に近いところに第一南遣艦隊の旗艦鳥海と、空母龍驤とが碇泊していた。私たちは烈日に焼けるような暑い鳥海のデッキに上った。一歩階段を下に降りると、そこはまるで迷路だった。廊下はみな曲っており、部屋はみな凹凸の多い部屋だ。あらゆる壁が曲線になっている。士官室の壁は丸くふくらんでいた。このふくらみは砲塔の下の、弾丸の通路であった。将校はみな自分たちも、巧みに身を外らしながら動き廻っていた。

夕刻、私たちは士官室の将校たちに紹介され、食卓についた。酒が出た。広島の酒であった。砲術長、運用長、機関長、軍医長などと、盛に飲み且つ談じた。戦闘行動がはじまれば一滴の酒も飲まないという。碇泊中が休養の時間だった。酔って甲板に出ると北斗星やオリオンが輝いて見えた。

私は川又参謀の部屋で、彼のベッドに寝た。狭い部屋、斜になった壁のかげの小さなベッドであった。鉄板が蒸れて暑苦しく、風の通らない寝牀で、私は汗にまみれて眠った。

二十四日

砲塔の下にはいると、ここはびっしりと機械で埋まっていた。艦の中央部は巨大な魚雷の巣で、磨かれた大きな魚雷が幾つとなく横たえられている。艦尾には二機の艦載機がカタパルトに乗せられ、エンジンを廻していた。今から偵察に行くのである。整備室の一隅にプロ・コンドル島から連れて来たという小猿が一匹、きょとんとしていた。

早朝、司令部にニュースが入った。米国戦艦二、空母一、巡洋艦六、其他多数より成る大艦隊がウェーキ島奪還を企図して攻めて来たという。ウェーキには日本軍一個中隊しか居ないのだという。午後四時士官室で居眠りしていると又ニュース。巡洋艦二隻に損傷を与えたという。夕食後にはまた、敵の襲撃を完全に撃退したという。将校たちは喜んでいたが、敵の空母を襲撃した事の結果は、夜半まで待っても発表されなかった。

明朝八時半、鳥海は巡洋艦香椎、運送船数隻と共にシンガポールに向けて出港。二十七日午前中には向こうに着く予定ときまった。今夜は士官室のソファでごろ寝とする。

二十五日

早暁、鳥海は音もなく出港。両舷に防雷を投じロープを曳きながら走る。駆逐艦一隻が先導。艦隊は南方に向ってジグザグの行進をする。艦載の二機はアナムバス島に向って先発した。

午前四時ごろ当直将校が士官室の黒板に何か書いていた。朝になって見るとシンガポールへ先行した艦載三番機の某三曹が、飛行場で地雷に触れて即死したというニュースであった。戦場ではいつも（死）が眼の前に立っている。

乗組の水兵たちの従順さは悲しい程である。分隊長に案内して貰って機関室を見学した。六個の鑵（かま）のうち今は半分しか動かしていないが、室内の空気は六十度。兵員は騒音で命令が聞えないので唖のように手真似で命令を伝えている。鑵の中で重油が白い炎になって燃えていた。これは科学の地獄である。交替が来ても兵員は自分のベッドには還らない。棚の上、煙突のかげの小さな窪みに、辛うじて身を横たえて眠る。「総員配備に……」という号令が下ったとき、下の兵員室から階段を走って来たのでは間に合わない。ここで寝て居れば三秒で持場に着けるのだ。

運用長の案内で司令塔へ上って見た。ここは軍艦のビズネス・センターであり、頭脳である。

暗号室、索敵看視室、作戦室、操舵室等が、狭い空間一杯に詰っている。夕食後、大きな太陽の日没を見ながらデッキで将校たちと一服やっているとき、いきなり対空戦闘の喇叭が鳴った。未明と日没直前とは敵襲の多い時間である。「左舷四十度、仰角二十度、敵目標接近中」。デッキの機関砲が動き、銃も動いた。主砲も動いたらしかった。私は艦底の発令室へ駆け込んで何百という計器の動きを見ていたので、デッキで起っている事は見られなかった。間もなく戦闘やめの号令。（いまのは友軍機であった。）

夜九時五十分、夜食が出た。作戦航海中は誰も碌々眠ってはいないので、夜食が出されるのだという。今夜は冷やし素麺であった。食べたあと、将校たちは入浴も臆劫がって、そのまま司令塔へ上り、発令室へ降りて行く。私も若月君も落付いて眠るわけには行かない。靴をぬぎ上着を脱いだだけで、士官室のソファに横になる。ひまは多いのだが、いつも何かに追い立てられているような気持である。

二十六日

士官室はめっきり暑くなった。作戦行動に入って以来窓は閉め切りで、煽風機は熱気を掻きまわしているだけだ。飛行長は先日地雷で死んだ整備兵の告別式の準備をしている。砲術長は先日、主砲に詰めたままの危険な砲弾を、明朝までに敵が出て来なければ、距離一万二千高度三千に照準を付けて、撃ってしまおうと言っている。弾丸を抜き取るのは危険だし、撃たなければ砲腔が錆びてしまうと言う。

高角砲の見張りの兵は、二時間交替で、退屈していた。「詰らんですなあ。敵は居ないです、もう飽きました」と言う。砲の横では一人の兵が望遠鏡で絶えず水面を眺めている。潜水艦の見張りである。大きな木札が下げてあって、それには（心ここに有らざれば、見れども見えず……）と書いてあった。私は思わず笑った。

砲の横に小さい釜があって火が燃えていた。兵は顔一面に汗を掻いていて「艦内にたまったゴミを燃やすんです、ただそれだけです」と言った。ゴミを流すと敵に航跡を知られるからだ。しかし巡洋艦鳥海の乗り組みとなってゴミを燃やすだけでは、怨めしいのだ。連絡係の兵は太い伝声管を上半身に巻きつけて、上から来る命令を待っている。いつまで待っても伝声管はひとこともしゃべらない。彼は退屈している。下の方の司厨室では半裸の主計兵が何百人前のみそ汁を掻き廻していた。「これだって軍務です」と彼は言う。「敵に砲弾をぶち当てるのと、僕たちが旨い飯をつくるのと、同じじゃないですか。……仕方ないです、主計兵ですから……」

作戦航海がはじまってから、軍艦旗は上がらない。前方一キロの所を駆逐艦あやなみ、もっと前の方を軽巡洋艦川内（せんだい）、右舷に二隻左舷に二隻の駆逐艦がならんでいる。左舷はるかにアナムバス群島が見えていた。副長と機関長と砲術長とは砲塔の影の涼しい所で、慰問袋の雑誌を読んでいた。私は夕食後、汗まみれの躰を冷やしにデッキへ出ていた。「そろそろ空襲の時間だな」と将校たちは煙草をくゆらせながら、暢気なことを言っていた。

不意に、「対空射撃」の喇叭が全艦内に鳴りわたった。兵員はみないなごのように跳び上った。「何ですか」と私が言うと十二分隊長は駆け出しながら、「あれが敵機です」と空を見上げて言った。案外低く、高度二千ほどの所に大型機が、頭の真上に居た。先日来砲術長が、主砲に入れたっきりの砲弾を撃つ機会を待っていた、そのチャンスが来たらしい。私は砲塔のそばに立っていた。ここで撃たれてはたまったものでない。すぐに物蔭に駆け込んだ。四連の機銃が数回撃った。私は司令塔の梯子を駆け上り、対空見張りの高いブリッジに立った。そのとき高角砲が左舷で二度、つづけざまに鳴った。それに続いて艦全体を震動させて、主砲がとうとう撃った。二度、三度撃った。駆け廻る兵員のあいだを川又参謀が、いつもの通り妙に皮肉めいた顔つきで、胸をひろげ爪楊枝を咥えたまま、ぶらぶらと歩いていた。射撃やめの号令がかかった。

「高角砲の照準はよくなかった。主砲は信管一万二千で入れたままだから効果はわからないが普通の着弾。最もよかったのは五十二発の機銃であった……」と言う。

敵機はもう見えなかった。伝声管は言う。「今の敵機はオランダなり」。飛行長の説によれば機銃が当ったらしい。「白い煙を吐き、それが黒くなった。雲の中へ突っこんで、更に雲をぬけて下に出た。あれはどう見ても撃たれた行動である。あれの基地はスラバヤより近くはあるまい。スラバヤ迄は六百キロ。とても帰れないだろう。バタビヤ海あたりに落ちただろう」

発令室の髭面の分隊長が艦底からのそりと出て来て、「主砲の弾着は良かっただろう」とうす笑いをしていた。運用長は、「私が見張りの当直将校だったですからな、何しろ味方か敵か見分ける迄は号令が出せんですからな。向うは雲の中から急降下したんですなあ。アナムバスの様子を見に来た大型水上艇ですわい。今夜はお眼玉だ。明日はまた来ますぜ」と呟いた。

私は持参の玉露をいれて、松林副官と軍医長とに御馳走する。それから司令長官小沢治三郎氏の話を聞いた。五十幾歳で、作戦の大家で名謀略家であると言う。艦隊の行動中は風呂にも入らず、司令塔に上ったきりだという。プリンス・オヴ・ウエルスを沈めた時の報告を聞いたときは、眼に涙をうかべていたと、軍医長は語っていた。

夜、半月が美しい。明朝は八時に一番機出発。シンガポールへの水路警戒に当る。搭乗員は「僕が行く」と飛行長が言った。従兵にむかって、「明朝七時十分までに俺の飯をこしらえてくれ」と言った。「何もなくてもいいから、生卵を一つつけてくれ」。そして一時まで士官室で雑談をしてから、寝に行った。

いよいよ、敵の作戦海域にふかく入って来た。

二十七日

午前七時半、上の甲板で総員配備につけ、昼間戦闘準備の喇叭が鳴る。朝の訓練である。午前八時、飛行長の乗った一番機がカタパルトの上でエンジンを廻していた。副長がデッキで腕組みをして立っていた。飛行長が片手を上げる。爆発の音と共に一番機は打ち出され、瞬時にして艦をはなれ、朝の茜色の雲の中に消えて行った。

メン・デッキに降りて若月記者や機関長と朝の挨拶を交していると、対空戦闘の喇叭が鳴った。かなり忙しくなって来た。上に出て見ると看視者は大きな眼鏡で艦尾の雲の中を睨んでいた。その朝焼けの雲の中にちらりと敵機を見たというのである。二分ほどの沈黙。またしても川又参謀が皮肉めいた笑いを洩らしながら、兵員を掻き分けてのたりのたりと歩いて来た。敵機はいつまでも雲の中から出て来なかった。雲が多くて、どの雲の中にも敵機が居そうな気がする。打ち方やめの号令が出た。全員緊張をとかれて、互いににやりと笑った。

夜明けから駆潜艇二隻が両舷についていた。駆逐艦はずっと前の方を掃海しながら進んでおり、速力は半減した。左舷にはスマトラに続く島々が平たく続いている。緯度はあたかも零度。赤道の真下である。艦を西に転じ、更に西北に転ずる。午後六時にシンガポールのセレタ軍港に入る予定である。突如として主砲が鳴った。忙しい日だ。驚いて艦橋へ上って見ると運用長が立っていて、「今のは機雷が引っかかったんですよ」と言った。掃海具にかかった機雷の爆発であった。しばらくして駆逐艦綾波がもう一個を捕捉し爆発させた。このあたりはまだ清掃されていない機雷原であった。艦は徐々にセレタ軍港への水道へはいっていった。全員は配備についたままであり、主砲は（四十サンチ砲がある）という右岸の砲台を睨んでいた。

午後一時頃、すさまじい対空戦闘の喇叭が鳴った。今度はもう艦橋まで上るひまもない。私は甲板の高角砲のうしろに立った。見ると右舷の雲の中から極めて低く、一列に並んだ大型機八機が、見事な編隊を組んで迫って来た。私は急いで耳に綿を詰めた。高角砲の砲手は眼を光らして空を覗（うかが）っていた。そのうしろには向う鉢巻きの男が次の砲弾を抱いて待っている。敵機はきわめて低く、急速に迫ってきた。空が、この八機の為に狭くなったようだった。見事にこの艦の胴っ腹を覗っていた。私は自分の死を考えるゆとりもなかった。逃げるべきだと思い、逃げても無駄だとも思った。敵機はますます迫り、高角砲はそれにつれてじりじりと角度を上げた。何とも言えない汗が流れていた。そのとき号令が下った。打ち方やめ。幸なことに友軍機であった。海軍機がセレタ軍港に進出して来たのだった。士官たちも「今度はだめだと思ったねえ……」と慄えるような笑い方をしていた。

シンガポール軍港の石油タンクが二つ、炎々と燃えていた。真黒い大きな煙で空が暗くなっていた。燃えていない青塗りのタンクも幾つか有った。午後六時セレタ軍港に碇泊。田舎の浜のようにさびれた感じだった。左舷の島には捕虜収容所があって、英人の捕虜が一糸まとわぬ姿で暢気に水泳をしていた。日本軍人の捕虜ならばこんな事はできないだろうと思った。ここに二万五千人が収容されているという話だった。海軍の将校たちがぞろぞろと、司令長官小沢中将を訪ねて上って来た。祝宴でもあるのかも知れない。私は若月記者たちと艦を降りた。

シンガポールの街まで二十五キロ。沿道は弾丸で折れ挫けた樹木数を知らず、壊れた自動車も無数にあった。ブキ・テイマの激戦のあとは生々しく、ほとんど人影を見ず。この戦場で陸軍付きの報道班員数名が死んだという話だった。

同盟通信社支局へ寄って飯を御馳走になり、軍の許可で同盟が占領している大邸宅へ行って、久しぶりに陸上で寝ることにした。先住者が逃げたあとの無人の家で、荒れていた。S・B・ストーンという海軍の相当の将校の官舎であったらしく、家具調度は贅沢だった。主人や主婦の写真のほかに、子供たちの写真や学用品が残っていて、哀れだった。私たちは蠟燭をともして各部屋を点検した。大量のガラス食器、白麻の紳士服十数着。夫人の洒落た服。私たちは汚れた服の上から夫人の愛用の香水をふりかけて面白がった。私は白麻の紳士服を一着、占領した。似たような寸法の男であったらしい。

柔らかな大きなベッドがあった。三人で一室ずつ独占した。浴室が三つも有る大きな家だった。寝る時になって私は寝間着を持たない。此の家の夫人のきれいなシュミーズが何枚も残っていたので、その中の一枚を借用して着た。灯を消すと、壁の中から元の主人や主婦の声がきこえて来そうに思われて、不気味だった。夜半、寝間着にしたピンク色の夫人のシュミーズが、胸のあたりが狭くて苦しくて、我慢できなくなり、遂にかなぐり捨てて、裸で寝た。

二十八日

朝セレタ軍港へ行き、内地へ送る原稿の検閲を受け、それから捕虜の英国軍人に会うために拿捕船マタ・ハリ号へ行ってみた。この船は十二日にこの港を脱出してスマトラのバンカ島へ逃れたが、日本軍が先廻りしていたので忽ち捕まったものである。この船にはプリンス・オヴ・ウェルスやレパルスの生き残りの水兵が居た。ウェルスの水兵は、「自分はポンポン機銃の射手で、照準器ばかり見ていたから、日本軍の行動は見られなかった」と言い、レパルスの見張りの水兵は、「日本飛行機の魚雷を十六本まで避けたが、遂に避けきれなかった。しかしウェルスよりもレパルスの方がよく戦った」と、昂然として語った。

ウェルスは最初の攻撃をうけてから三時間も浮いて居り、トマス・フィリップス提督は退艦をすすめられたのを斥けて、艦橋に立ち軍艦旗に敬礼をささげながら、艦と共に沈んでいったそうである。その事を語るとき、マタ・ハリの機関長は粛然として、水色の眼をうるませていた。さすがに英国の提督は立派な最後を遂げたらしい。

彼等水兵は船上の作業のときのまま、上半身裸で吾々の質問に淡々として答え、日本ニュース映画のフィルムにおさめられた。

私たちの宿舎を廻って見ると、先住者には三人の子供が居り、母親のこまかい心づかいなども察しられ、良い家庭であったらしい。アルバムには家族の写真が丹念に貼ってある。各国の切手の蒐集も熱心にやっていた。主人ストーン氏は水彩画の趣味をもち、作品が幾つも壁にかかっていて、単なる軍人だけの人ではなかったらしい。こういう人の家で、乱暴な住み方をしたくない気持から、ボーイを呼んで掃除をさせ鉢植えに水をやらせた。

戦況によれば最後にシンガポールを脱出した船は二月十二日の夜からバンカ島又はジャバに向けて七十隻にも及んだが、三十隻は撃沈され二十何隻は拿捕された。捕虜の大部分はバンカ島で収容されたという。この家のストーン夫人と子供たちとは、沈んだろうか、それとも収容されているだろうか。家具家財を見るとかなり狼狽した跡が見える。敵国人ではあるが、憎む気持は起らない。

三月

一日

市街地を廻って見る。要所々々に土嚢を築き、衛兵が立ち、シナ人の自由通行を禁じている。十数年前に一度来たことがあるが、殆んど記憶はない。平時人口六十五万。今はマレーから逃げて来た人口を加えて九十万から百万。その民衆を養うだけの食糧の備蓄は乏しい。英人の強制命令で三ケ月分の食糧を蓄えていたというが、これから先この民衆を養うために日本軍政部は苦労しなくてはならない。と言って食糧が乏しくなれば民衆は日本軍を恨むだろう。八紘一宇の宣伝では役に立たない。

夜、日本からのラジオによれば、日本軍はジャバに上陸したという。陸軍報道班には大宅壮一や武田麟太郎や大木惇夫が居るはづである。

二日

マレー人のボーイの解りにくい英語と私の怪しげな英語とで、とも角も用を便じ、風呂を沸かさせた。あちこちの新聞社支局から希望者があって、六七人入浴させた。堺誠一郎、中島健蔵その他。みんな不自由しているのだ。

街へ出て、中国料理の南天樓へ行って見たが、番頭は「日本の兵站部の人が来てビールもウイスキィもみな持って行ってしまった」と言い、妻も娘も女という女は、「皇軍来而、叫去！」と紙に書いて見せた。つまり逃げてしまったのだ。

三日（節句）

この家の広い庭には沢山の武器が芝生の上に並べられている。相当の部隊がここで武装解除をしたらしい。英国兵は降服ときまるとみづから武装を解除した。身軽になって市中になだれ込み、公園や海岸に寝ころんでいたという。翌日は日本軍の監督下に隊伍をととのえ口笛を吹きながら、収容所へ行った。スコットランド兵は笛太鼓を鳴らして行ったと言う。この庭にある武器は小銃六百挺、自動小銃五十。ガスマスク三百。鉄兜三百、手榴弾百五十、小銃弾は何千発もある。

今日、ビーチ・ロードで市中に住む混血人の取調べがあった。憲兵が取調べをやっている。義勇隊に入っていた者は処刑されるらしい。日本人の妻と称する星見ミオコという中年の英国婦人が居た。（良人はフォックス映画会社の当地の支配人であった。開戦と共に良人は捕えられカルカッタへ連れて行かれた。）日本軍の爆撃は彼女の母を殺し彼女の右腕を傷つけた。「しかし私は日本人の妻であることを誇り、日本の戦捷（せんしょう）を誇る。日本には良人の兄が居る。この兄と通信する方法はないでしょうか」。彼女はシンガポール生れの英人らしかった。

四日

セレタ軍港へ行き鳥海を訪問。昼食を御馳走になる。鳥海は近くスマトラ上陸部隊を援護しながらペナンへ行くだろうと言う。もう一度便乗しようかと思い、軍人づきあいも少々くたびれたようにも思う。艦内では私は一人の異分子に過ぎないのだ。

サイゴンから堀内報道部長が来た。訪ねて見たが、別に何ということもない。

シンガポールは明日から、軍人の通行も厳しく制限される。理由は陸軍省兵の良民に対する乱暴、殊に金銭的な暴行である。将校が百円の服を註文し、出来上った時に十円しか払わない。そういう訴えが無数にある。昨日午後、陸軍の辻正信参謀はそういう将兵を百人ぐらい、市中でぶんなぐって廻った。私も不法な兵の買物を目撃した。店員が手のひらの小銭を見せて私に訴えるので、私は無けなしの財布から不足分三円ほど渡して、その店員に謝って来た。

五日

この家に永く働いていた運転手というマレー人が帰って来た。マレー人、安南人、インド人を見ていると、母国を持たない人種という気がする。激戦がおさまると忽ち自分の店をひらき、何喰わぬ顔で商売をはじめている。一種の放浪人、コスモポリタンという気がする。シナ人だけは違う。彼等は仏印タイ、マレー、ボルネオ、ジャバにかけて強く根を張り、日本人には解らないような生活の幅を持っている。

今夕堀内大佐と会う。数日中に鳥海乗り込みの許可を得た。大佐はここに残るようにと言ったが、私は強く希望して鳥海に乗ることにした。行先は北部スマトラ作戦、メダン上陸作戦である。相当の大艦隊を以て行なわれる模様である。いまセレタ軍港には重巡軽巡が集っている。インド洋作戦に備えて第一南遣艦隊をここに集結したものらしい。

改造社山本社長がやって来た。彼を歓迎するところがどこにもないので、私たちの宿舎に泊めることにした。酒を飲みながら彼は何時間も猥談ばかりしていた。

六日

午後三時セレタ軍港へ行ったが、鳥海乗り込みは明日になるというので、引返した。夜、井伏鱒二、里村欣三両氏の訪問をうけ、遅くまで歓談。今度の報道班への文人徴用は失敗だ、つまり使い方が解らなくて軍は持て余している……というのが大畧(たいりやく)の意見であった。

私は今度の鳥海の作戦が終ったら、シンガポールからサイゴンへ帰り、いよいよ本格的に（仏印進駐誌）の準備にかかろうと思う。

七日

午前十一時鳥海に乗り、士官室の将校たちに挨拶をする。終日退屈して過す。夜、士官室で小宴。日本酒が出てみな酔い、談じ、歌う。若月五郎は川内へ、朝日新聞の吉田、熊崎両氏は巡洋艦香椎へ、同盟の斎藤氏も香椎。秋山如水は駆逐艦に乗った。シンガポールに居た海軍報道班は総出動である。相当の作戦が予定されているらしい。軍港内には切迫した空気がある。港の重油タンクは占領後二十日も経ってようやく消えそうになった。

八日（日曜日）

士官室の黒板に出航は明日午前九時と書き出された。今度の作戦は相当なものらしい。印度洋に敵戦闘艦二、空母一、巡洋艦その他多数来ているという。陸軍のメダン上陸作戦から後に何かあるらしいが、一向にわからない。

昼寝の途中で運用長に起されて、軍港設備を見に行こうと言う。ひどいスコールの中を出発。蘭印の政府が降伏を申し出たと知らされた。ジャバは予想通り戦う意志は少なかったらしい。スマトラ、メダンも降伏するかどうか、まだ解らない。

軍港をひと廻りして街へ行く。その帰途のブキ・テイマ道路で、日本兵が自動車の衝突で頭から血を流し踞（うずくま）っているのを見た。長い戦いを生きて通り抜けた兵士が、スピードの出し過ぎなどでこの路上に命を捨てるとすれば、あまりにも悲しいではないか、と思った。鳥海に帰ってみると明朝の出発が一時間遅くなっていた。蘭印の降伏はバンドン政府に於て昨夜十二時半、バタビヤ〔現在のジャカルタ〕に於て今日正午という話であった。また鳥海は今月十五六日頃にはまたシンガポールへ帰るということだ。

九日

午前九時二十分錨鎖縮め。九時四十分三番機出発、水路警戒。十時鳥海出港。防雷具を投ず。

堂々たる艦隊であった。これだけの日本艦隊がマラッカ海峡を北上するのは始めての事である。前方に駆逐艦六隻。次に旗艦鳥海。つづいて第七戦隊の巡洋艦最上、熊野、千曲、由良等の五艦を従えている。鳥海は公称九千八百五十屯と言うが、これは世界軍縮会議以来の事情で嘘をついているのであって、実質は一万五千屯に達するであろうと言う。敵の偵察機は鳥海を（戦艦一隻）と報告しているそうである。熊野その他の同型艦は公称六千何百屯の軽巡となっているが、実質は一万屯の一等巡洋艦である。川内と香椎は昨夜のうちに先発しているとのこと。今日の仮泊地はマラッカに近いバッパハットの港である。

十一、十二日の予定は、陸軍の上陸部隊と某所で落ち合うこと。十二日未明に第一部隊はスマトラの北端クタラヂャとサバンの港とに上陸、これを占領する。第二部隊は同時刻にイヂに上陸し、南下してメダンを衝く。第三部隊はメダンの南方ラブハンルクに上陸して北上する。そしてメダン占領を終れば直ちに西南山中の風光明媚なトバ湖に向い、その岸のバリゲとシボルガを抜けて、スマトラの西岸に出る。これが今時作戦の大要である。

艦隊はずっとジグザグの魚雷除けの航海。沈没船をさけ浮流機雷を避けて行く、日中暑熱きびし。十三分隊長の部屋を借りて昼寝。午後四時から涼しくなり、スコール。その後小沢長官とデッキで閑談。長官は私の「生きている兵隊」「流離」など、中央公論に出した作品を読んだ由。午後八時過ぎ仮泊地に着く。バッパハットは港とも言えないような港。巡洋艦駆逐艦にとりかこまれて投錨。明朝午前三時出港。行く先はわからない。長官の話によると、これだけの島々を占領する為には第一南遣艦隊はその半分を犠牲にする覚悟であった。ところがいま巡洋艦の勢力は開戦前と同じ百％である。全くの天佑だ……と。

夜十一時入浴。そして元の洋服を着る。今夜は何が起るかわからない。士官室の将校たちは夜食のおじやを食べてから雑談の花を咲かせている。

シンガポールに一つ怪談がある。セレタ軍港の港務部近くの宿舎に泊った連中は、みんな同じ夢を見る。夢の中に二人の沖縄人が現われて、「俺達の仇を討ってくれ」と言うそうだ。それを某氏に話したところ、「戦前にセレタ軍港の要図を手に入れる為に沖縄人が何人かスパイに入り込んで、殺されている。夢に出るのはその人だろう」と言った。

飛行長が部下に向って、「おい、日本はどっちだ」と問うと、兵は手をあげて、「あっちです」と東北を指さした。飛行長は「馬鹿言え、日本はここだ」と言って笑った。今はこの占領地も日本であるが、その前には沖縄人スパイの犠牲があったのだ。

十日

陸軍記念日。日本はようやく春であるが、マラッカは気温三十五度水温三十一度五分。

午前三時出港。今日も無事、今日も無事と思いながら航海して行く。しきりにジャンク〔木造帆船〕が見える。午後一時、二隻の輸送船を追い越した。陸軍兵を満載し上陸用の舟艇をのせていた。陸軍兵がしきりに手を振る。武運を祈る。彼等は明朝未明にメダン南方に上陸する部隊である。マレーを闘いながら南下した近衛師団の兵である。艦隊速度十四ノット。

午後六時、前方を進んでいた駆逐が急停止。浮流機雷を発見。しきりに機銃を撃ったが当らない。遂に見逃して進航。七時、右舷から重油が流れているのを発見。機関長が調査をはじめたが原因不明。重油を流すと航跡が残るから厳重警戒を要す。

無電によると九日一五〇〇時蘭印政府は無条件降伏したというが、スマトラについては何も言っていない。やはり陸軍は敵前上陸になるらしい。鳥海は北端のサバンから、アンダマン列島ニコバルを西に廻って、西方から来るかも知れない英国軍艦に備える。それが終ると十四、五日頃にシンガポールに帰るらしい。

夜食ひやし素麺。砲術長に、「どうです、今度は相当撃ちますか」と訊くと、象牙の長いパイプをくゆらしながら、「いや、あんまり撃たんでしょう」と答えた。

今夜も洋服を着たままで寝る。

十一日

早朝から左舷一万メートルあたりに多数の輸送船団を見る。駆逐と軽巡とに前後を護られた十三隻ばかりの陸軍輸送船である。明日早暁一時サバン島に上陸する。午後五時頃まで見えていたが、夕食後には見えなかった。

鳥海以下の艦隊は一斉にジグザグ行進。もはやスマトラの北端を過ぎて、進路は真西。アンダマン列島が近いはづだ。午後六時にはインド洋に出て、海は紫紺の色に変った。この波の下、どこに敵潜がかくれているかも解らない。しかし艦内は平穏。小沢長官もデッキに降りて来た。陽に焼けた、酒好きの老人である。

（本日午後四時、無電あり。飛行機高度千五百メートルの偵察によれば、サバン島に兵舎あれども兵力撤退したるものの如し。爆撃を行い命中弾あれど、地上砲火なし、と。スマトラも降伏するつもりかと思われる）

電報によれば米海軍は東京襲撃を計画し準備しているらしいという。暗号長は笑って、「決戦兵力は内地に沢山居ますよ」と言った。

将校も兵士も寸暇を見つけては眠る。砲塔のかげ、階段の下、どこにでも眠る。戦闘喇叭が鳴ると共に猿のように跳び起きて持場に付くために、暇さえ有れば眠っておく。海軍の戦闘は、闘いの一瞬前までは平穏無事である。だから絶えざる脅威がある。

夜半、南十字星が左舷まっすぐに昇った。夜光虫が青い幽霊のように波を光らせている。明朝まで無事に眠れるかどうか……。

十三日
午前九時暗号無電あり、サバン島、クタラヂヤ、イヂ、ラブハンルクの四ケ所、何等の抵抗をうけることなく、上陸成功せり。士官室は当り前という表情で、何の話題にもならない。
鳥海は艦列を曳き連れて昨夜からサバン島、ニコバル諸島の重箱運動（四角に行進する）をやっている。海は紫紺の色で不透明。雲やや多く涼しい。
無電によると、インド洋で拿捕した英船捕虜の談として、英国は空母一、巡洋艦二より成る艦隊がコロンボから東北に航行中と言う。カルカッタに向うものか。ラングーンは陥落したのでカルカッタは爆撃圏内である。

午後さらに重箱運動。夕刻から帰路につく。突如方針が変って明後日朝ペナンに入ることになった。理由は次の行動の日が近いこと、燃料の節約及び休養であるらしい。次の行動は十九日から始まる。ラングーンに第十三根拠地隊を設置する為の輸送および警戒である。鳥海は艦隊と共に警戒に当るが、敵が出て来なければ戦闘はないだろうという。英国は今のところ積極的な動きを見せていない。敵機の来襲も、基地が遠過ぎる。

洋服のまま眠ること四五日。馴れるにも馴れたが少々疲れた。（シンガポールの重油タンク、日本軍の手に入ったもの二万五千屯という。思ったより少い。）

十四日

早朝、シンガポールへ帰る熊野以下四隻の巡洋艦二隻と駆逐艦とに別れる。鳥海は駆逐艦二隻を連れて、明朝一一〇〇頃ペナン入港と書き出された。

この艦の司令部には一日百通ぐらいの暗号無電が入る。遠きは大本営から、近きはペナンから。暗号長の中尉は十二人の部下を督励してその翻訳に汗を流している。サバン島上陸部隊は何の抵抗もうけず、舟艇二十余隻を拿捕したというが、無電によるとニューギニヤ上陸部隊には相当の被害があったという。

この艦の中では将校は退屈しており、兵員は訓練のし通しである。あと数日は敵に出会う望みもない。夕方、左舷に大変なスコールを見た。空一面が暗雲に閉され、簾(すだれ)を下したように雨が降った。運用長が頓狂な声で「竜巻だ」と叫んだ。私は竜巻をはじめて見た。真黒な水柱がうねりながら、黒雲の中に海水を巻き上げているのだった。約三分ぐらいで色がうすれ、海面に消えて行った。

水雷長は一度も魚雷を撃たないので退屈し、少しニヒルになっている。主計長はまだ独身で、理想の女性は見つからないと歎いている。運用長は肥満していて、お経を読んでいる。軍医長は医者のくせに足や顎や至るところに皮膚病をこしらえ、お手盛の薬を塗りたくっている。この人たちとも明日はお別れだ。今のうちにと思って、川又参謀や花岡参謀から仏印、サイゴンに関する進駐当時の話を聞く。しかし私の進駐誌をまとめるのは容易なことではない。

たまたま上官室の棚にあった「父親としてのゲーテ」〔三井光弥・一九三二年・第一書房〕という本を読む。少なからず心を揺さぶられる。ゲーテが言うように家庭は最大のものであり、この最も小さな生活の中に最も大きな幸福があるのだ――と思う。帰宅はいつとも解らないが、夏頃には帰りたいものだと思う。そして直ぐ家族と共に涼しい山へ旅行したい。心細さに耐えている家族の満たされないものを、取り返してやりたいと思う。

十五日

午前九時ペナン島を遠望す。正午入港投錨。午後三時将校たちに別れて上陸。暑い島だった。報道班員の宿舎には新聞記者たちに混って山岡荘八が黙って微笑していた。小宴をひらく。市街の姿はまだ整わず電燈も碌についていないが、水道の水は清澄で、椰子がたくさん実っていて、住み心地は悪くない。ただ地方病のデング熱が猖獗をきわめているらしい。この宿舎の人もみなひと通りかかって、今は二人寝ている。そして、「ウイスキィを飲んでいる者だけはかからない」と言って山岡は笑った。

潜水艦がスマトラ付近のインド洋で、撃沈した英国船の事務長をしていたビルマ人を助けて来た。その男に会って見ると、日本の親切さに悉く感激し、英国人を痛罵していた。日本の潜水艦にやられて沈もうとする船から、英人はみなボートに移り、この男ともう一人のインド人とだけが海の上に棄て去られた。二人は急造の筏に乗って浮流していて、日本の潜水艦に助けられたと言う。妻子はラングーンに居るが、また会える望みを持っていると言って泣いた。そして日本人は彼等にも対等に口を利いてくれるとか、束縛されなかったとか、百%の讃辞である。日本人に媚びているのかも知れないが、まるまる嘘とも思われない。

十六日

マレー半島は錫の産地。今日はその工場を見学した。既に操業を開始。十五貫の塊が続々と作られていた。シンガポールの工場は壊されているので、現在この工場は世界一であるという。三井鉱山から来た若い技師が居て、ビールを御馳走してくれた。「私はウイスキイなら三本飲みます」と言う。ひどい酒豪だ。

いまペナン港には川西式四発飛行艇が九機も来ている。町は水兵と将校とで一杯であるが、遊びに行く所はどこもない。仕方なしに岸壁の上から魚釣りをしている。何も釣れないらしい。

十七日

報道班員の行動配属について、松林副官その他の参謀と協議。私は堀内大佐の指示に従い一度シンガポールへ行ってからサイゴンへ帰ることにした。シンガポール行きの目的は佐々木参謀と安藤嘱託に会って仏印進駐当時の話を聞くことである。ラングーン方面へ行くことも考えている。数日中にアンダマン群島作戦が始まり、更に機動部隊によってインド洋作戦があるだろうという。英国主力艦のうちの一つはウェルスと同型の戦艦キング・ジョージ五世であろうと言われている。ビルマの奥地で陸軍は苦戦しているらしい。敵は二十屯戦車を持っているという。日本は二個師団の兵をシンガポールから送る。五十隻に余る大輸送船団が十九日か二十日頃に出発する。ペナンに居る軍艦は総出動でその警備に当る。

今日は横須賀から乗った捕鯨母船極洋丸がペナンに来るというので、あの船で悩まされた報道班員は喜んで待っていたが、夜になっても入港しなかった。松林副官の談によるとマラッカ海峡に敵潜三隻ばかりが居て、吾が輸送船に何程かの損害があったという。極洋丸は図体が大きくて速力は鈍いので覘（ねら）われたに違いない。逃げ廻ってどこかに待避したものであろうか。

街ではシナ人インド人が、小さな屋台店を出して食品や衣類を売っている。商業も一切、まだ禁止されていて、何もない。夜、基地隊の庭で野天の映画会があった。原作川口松太郎の「二人信三郎」という時代もの。その途中で急にスコールが来て、中止になった。私がシンガポールから内地へ送った原稿の記事が、昨十六日夜東京で放送されていた由。隣の宿舎の人が聞いたと知らせてくれた。

夜半、電燈が消されてしまったあと、水風呂にはいる。冷たくて気持が良い。ときどき小さな足音が宿舎の廊下を走る。犬ではない。猿だろうと思うが、姿は見えない。

十八日

ゼネラル病院見学。英国人の大きな病院であった。今は英人は一人も居らず、インド人の副院長たち八人があとを守っていた。マレー人インド人の患者の大部分は爆撃の負傷者で、一時は千三百人居たが、今は五百人ばかりである。副院長のインド人はロンドンで学んだ人。「たくさんの学資を使ったが、ここでは月二百ドルであった。英人医師は駆け出しでも四百五十ドルだった」と言う。看護婦も英人は別館に個室を与えられ、バス付応接間付き、ダンスホールまで付いていたらしい。「それは快適だね」と私が言うと「快適すぎる!」と叫んだ。彼はいま誰からも月給をもらって居ない。しかし昂然として言った。「医学はインタナショナルです。私の所へ来る患者に国籍を訊く必要はありません」と。日本軍の占領は彼にとって悪くはなかったらしい。四代前からペナンに住んでいるとの事。こういう人間に対して日本軍政部の対策は充分であるだろうか。

十九日

極洋丸がようやく到着。報道班員十二名が乗っていた。船長機関長と久闊(きゅうかつ)を叙し、一緒に上陸、機関長の為に小宴。

今日はまた古くからここに居る報道班員四名が出発。同盟通信斎藤君はラングーンへ行った。明日はまた五人ばかりがアンダマン作戦に出発するらしい。

ペナンにも少し飽きが来た。毎日暑さに苦しみ、見るべきものはない。次の月曜日あたりシンガポールへ帰りたいと思う。そして元の宿舎でしばらく一人で暮してみたい。雑然とした生活に疲れたように思う。

この宿舎のまわりは直径二尺もある大きな木にかこまれていて、夜明けには何百羽の小鳥が集まり、その鳴き声で眼がさめる。昼間、小鳥の居ない時は梢を何匹かの猿がわたり歩いている。日本猿によく似ている。食物を捜して吾々の宿舎の二階まではいって来るのはこの連中だろうと思う。

マレー人のボーイに言いつけて椰子の実を取って来させた。この青臭い水は野趣があって旨い。

二十日
午後三時、アンダマン作戦について行く報道班員が二台の車で波止場へ行った。いま残りは五六人しか居ない。明後日は山岡荘八が潜水艦で内地へ帰るという。その頃には私もシンガポールへ行くつもりである。陸軍班にたのまれて短い放送原稿を書いた。
夜、山岡君送別の小宴。夜半まで雑談。

二十一日

朝から港内の艦船が続々と動き出した。ラングーンとアンダマン行きである。

私は火曜日のシンガポール行き飛行機を予約した。東日記者〔東京日日新聞〕が今日立つというので飛行場まで送ったが、乗せてもらえなかった。福井参謀の一行数名が突然ジャバへ飛んだからである。この一月ごろ伊の何号とかいう潜水艦が、スンダ海峡の海底電線を切りに行って帰還せず、戦死確認されて乗員全部が位一級を進められ、発表された。ところが最近に到ってそのうちの数名が敵国の捕虜になっていることが判明した。その事情というのは、何かの必要あって海上に浮き、敵艦と戦ったらしく、沈没のときに甲板に居た砲術将兵が波上に残され捕えられたものらしい。いかにも有り得る状況である。参謀たちはその善後処置をどうしたらいいか協議する為に、正装して中型攻撃機に乗って行った。

夜、特務機関員平岡氏宅の招宴に行く。客は報道班員三名。華僑の有力者三名。混血のユーラシヤの娘たち四五人。夜更けまで歓談して帰る。従軍中には珍しく派手な一夜であった。

二十二日(日曜日)

山岡荘八君の出発を見送る。潜水艦が帰国するのは途中襲撃される危険もなくて安心であるが、日本へ近づいてから敵潜とまちがわれる危険少なからず、それが一番心配だという。

夜、陸軍班が押収した英国製の映画を見る。その後宣伝班長と遅くまで談ずる。ペナンの街はいま困窮のどん底にある。一部の商人は僅に手持ちの商品によって露店をひらいているが、その他には経済活動は一切止まっている。銀行は閉鎖されたままであり、現金預金は英人が退くときにみな焼いて行った。市中の通貨は四分ノ三も激減しているのに、軍政部は差し押えた商品を売ってその金を金庫へ入れてしまった。多少の軍票は出廻っているが通貨が不足している。あらゆるビズネスは閉鎖され商店の営業は許されていない。

かくて市民の大部は全くかねを持っていない。物を売って生活しようにも買い手が居ない。市外から食糧は入って来ない。すべての女たちは娼婦に落ちる一歩手前を彷徨している。彼女等は将校食堂のサービスガールに雇われ、時計や万年筆を買ってくれとしきりに誘う。軍政部はこのような状態に対して何の方策も取っていないようである。これではこの占領地で華僑やマレー人や混血人の信望をつなぎ得るかどうか、疑問がある。

華僑首脳部は利口だから、自治委員会を作って日本軍への協力を誓い、また成績も上っているというのに、軍部は詰らない口実で彼等の家宅捜索を行ったりしている。特務機関平岡氏はこれに憤慨して、「もはや俺のする仕事はない」と言って、明朝みづから自動車を運転して立ち去ると言っていた。

軍政はどうも誠に貧困のように思われる。南方の広大な占領地域に於て、政治の貧困は大問題ではないだろうか。女たちをすべて娼婦に落して後に、良き市民を得ることはできない。良き市民なくして良き都市は有り得ない。

二十三日

軍政部猿渡氏宅で宣伝班主催のパーティあり、海軍班から招かれて三人で行く。華僑の有力者、台湾人の医師、混血の娘たちなど二十人ばかり。恰（あたか）も東日中山善三郎君も来ていて、賑やかな一刻であった。私への送別会でもあるという。

二十四日
出発予定で飛行場まで行ったが、座席不足でむなしく引返す。明日の臨時便を待つ。

二十五日
臨時飛行便中止。結局また数日をこの街で過すことになった。午後中山君と二人で魚釣りをして見たが、何も釣れない。目下のところ新聞ニュース何もなし。作戦は遠くインド洋で行なわれているらしい。英国はインド防衛に全力をあげているらしくは思われない。主力艦は南ア方面に後退したらしいと伝えられている。

二十六日
暑さと閑暇とでいささか弛緩したかたち。昨夜は深更私たちの寝室まで猿がはいり込んでいたようだった。基地隊の軍医長と主計長とが遊びに来た。私のウイスキイを出して雑談。

二十七日

将校クラブの食堂で働いている混血の娘たちが品物を将校たちに売りはじめた。預金を持っていても銀行が開かないので喰うに困っている。軍政部は早く何とか手を打たなくてはならない。今日司令部へ行って見たらマレー人の男が庭の大木に縛りつけられて泣いていた。聞いて見ると海軍管理の家屋の扉をこわして侵入、品物を盗んでいるところを捕えられたのだという。どうするのかと訊くと、処分するんでしょうと答えた。彼等は職をはなれ、生活に困っているのだ。このままで拋置すれば、この町はひとり残らず泥棒になってしまうだろう。犯人をつくって犯人を罰しているのだ。

早朝、基地隊中島司令から電話で遊びに来てくれという。行って見るとペナンの政治について意見を聞きたいというのであった。その筋の人たちも困っているらしい。占領地全体が今後の方針が立たなくて困っているらしい。ボルネオのクチンに於て某主計中尉はゴムの値段を五分ノ一に切り下げ米価を倍に上げた。その当時は非難が多かったが、間もなく市民の中の二千人は郊外へ去って米作りをはじめた。遠からず新しい米ができる、そして自給自足ができるだろうという。いま占領地に於ける経済の大変革が起りつつある時、その政策は賢明であり断乎たるものでなくてはならない。現地民に明るい見通しさえ与えれば、どんな強力な政策も可能である。戦後経営の大事な時だ。

軍宣伝班から私の原稿料六十円をとどけてくれた。中山善三郎君は明日バンコックへ行く。私は明日の飛行便の許可を得た。半月の美しい夜。酔林居という軍認可の中華料理へ行き美酒佳肴を得て小酌。シンガポールへ行ったら多少の仕事ができるだろう。いま第二潜水戦隊はインド洋に向って出ようとしている。第二艦隊の主力も機動作戦に出ようとしている。近いうちにコロンボ沖で会戦があるかも知れない。南十字星を指して石の上に坐し、この島にある自分を省みて多少の感慨あり。軍医長からジョニーウオカー一瓶到来。これはシンガポールへのみやげにする。

二十八日

正午飛行場へ行ったが、またしても不成功であった。ダグラス機に一杯荷物を積みこんで、あまりの目方だけ人間をのせる。三人分の目方があったが機関参謀と先任将校たちに席をとられてしまった。大量に積んだ荷物というのは寺内司令官用のウイスキイであった。報道班員はウイスキイよりもあと廻しであるらしい。憤然として帰る。

陸軍班の宿舎へ行き映画を見る。ウイスキイを飲んで眠る。からだがひどくだるい。

二十九日

午前六時半、膝から下がだるくて歩行も退儀である。友人はデング熱の前兆であろうと言う。午後散髪に行く。病気になるのならばその前に身ぎれいにして置こうと思う。四月一日に航空廠の飛行機に乗せてやろうという話が来たが、それまでに治るかどうか。夕方から多少の発熱。腰と足のだるさがひどい。まだ淋巴腺には来ていない。多少の消化不良。デングは薬を飲んでも役に立たないという。凸凹のベッドで四十度の熱で数日を過すのはたまらない。つとめて歩こうと思い、将校クラブへ食事にも行ったが、退儀である。夜は宣伝班へ行き映画を見る。何とか抵抗してやろうと思うが、全身ぼうとなっている。友人は「明日は起きられんぞ」と言って笑った。発熱三十九度。

三十日

遂に起きられない日が来た。全身の痛みはなはだしく、背筋や腰の筋肉痛と関節痛である。熱は三十九度。食慾全くなし。大毎（大阪毎日新聞）林、大朝（大阪朝日新聞）犬石君がいろいろ世話をしてくれる。氷嚢だけは頭へのせたが、その氷嚢に穴があいていて、滴が首筋に垂れてくる。二人のボーイは愚鈍でなぐってやりたいが、口を利くのも億劫だ。昼食ミルク一杯。コンデンス・ミルクを解かしたもので、何とも旨くない。せめて体力維持の為と思ってパパイヤを食べて見たが、これもまづい。一枚の湯上りタオルにくるまって、夜中胴ぶるいをしていたが、今朝からは犬石君の毛布をかりて着る。胴ぶるいは去らないが、時折汗が出る。相当の発汗であるが、旅先で、着換えの寝間着もない。

夕食はパンを食った。みんなが酒を飲みに出て行ったあと、ボーイが蚊張の外に置いて行ったパンを、蚊張から手を出して横たわったまま食った。ところがパンの耳がどうしても嚙めなかった。熱で歯が浮いているのか、あの耳が嚙み切れないのだ。私はふと、子供たちがパンの耳を食べないのを叱ったことを思い出した。あの子たちは本当に食べられなかったのだろうと思い、可哀そうな事だったたと思った。

「デングをやると家が恋しくなるでしょう」と犬石君が言った。こんな所でこんなひどい熱病にかかっていると知ったら、どこの女房だって泣くだろう。しかし知らずに居てくれるのが有難くもある。本当の胴慄いというものを経験した。肺のあたりから慄えはじめて次第に肋骨に伝わり筋肉に伝わる。何とも抵抗できない慄え方だ。そのたびに皮膚がじんじんと痛む。熱そのものは大した事はないが、熱に抵抗するために全身が神経過敏になっていて、その方が却って辛い。

三十一日

寝ている事の苦痛に耐えず起き上ると、頭の芯がふわりと宙に浮いて足もとが定まらない。熱はいくらか下り気分もさほど悪くはない。疲労しているが、寝牀は凸凹で休まらない。犬石君が軍医長から薬をもらって来てくれた。一服のんで発汗。仲間の連中はテラスで冷いビールを飲んでいる。私は毛布にくるまって見ている。「どうですか、たまには見るだけというのも宜いでしょう」と言って笑っていた。今日から電気冷蔵庫が動きだしたのだ。私は飲みたいとも思わない。

夜になって軍医長が来てくれた。蚊張の中に頭だけさし入れて、「お芽出とう、これであなたも一人前だ」と言った。風に当らぬように、足を冷やさないように、早く発疹を出すようにと言った。明日の飛行機でシンガポールへ行きたいと言うと、「行かれんことはないね、デングでは死なないんだからね。疲れるだろうけど、見ている者は何ともない」と笑った。

航空廠に電話で聞いてもらうと、飛行機は一週間延期になったという。海軍のしている事は滅茶々々だと思った。

四月

一日

朝はやく納豆売りが通る。子供の声だ。降るような小鳥のさえずりに混って、なっと、なっとおと、叫びながら行く。何を売っているのか解らないが呼び声はまさしく日本の納豆売りである。夜は夜泣きうどんが行く。これも何を売っているのか知らないが、まさしく夜を泣きながら行く風情である。

宿舎の人々がみな酒を飲みに行ったあと、高熱に苦しみながら蚊張を通して、天井の家守が虫を追う姿を一時間も二時間も眺めているとき、不意に聞えて来る節長い夜泣きうどんの歌聲は、大木の下の暗闇ににじみこんで、とぎれとぎれに、何とも言い難い情趣であった。

今日は恢復期のよろこびを味わった。寒気もしなくなり肢体の苦痛も減じた。軍医長が今日も見舞ってくれて、風に当らぬようにと注意してくれた。一日中毛布にくるまって椅子に坐っていた。夕食には少量の肉を買った。短期間のうちに、どうにかデングをくぐりぬけそうである。

二日
恢復はかばかしからず、肋間神経痛あり。ペンを持つ手がだるい。アスピリンを飲んで眠る。発汗。風呂へはいりたい。
私がここで何日もこうして寝ているのに、海軍報道部はうんともすんとも言わない。要するに徴用報道班員は海軍から何も期待されていないという事であろうか。それぐらいなら帰らしてもらいたい。

三日
神武天皇祭。ペナン市に於て競馬が復活された。みんな出かけて行って、馬券を買って、少しずつ損をして来たらしい。競馬の復活などよりも軍政部はもっと他にやる事がありそうなものだという気がする。明日シンガポール行きの飛行機があるらしい。

四日
正午飛行場着。午後一時十五分離陸。マレー半島の西岸に沿うて南下。海上は晴。陸地は雲低く天候不良。二時間半の飛行のために二十日も待たされたわけだ。私は両手や首筋にデング熱の発疹が出ている。本当は寝ている方がいいのだが、今日を逃したらまた何日待たされるか解らない。無理を承知で行くことにした。
空から見るマレー半島はつまらない。平坦なジャングルのつながりの中を、川がしきりに蛇行して怪しげなかたちを成している。都市も村落も見えない。午後四時半スコールのシンガポール着。
報道班宿舎は狭くて新聞記者が大勢居た。前の宿舎のストーン氏邸は軍にとりあげられていた。そのとなりの同盟宿舎に入れてもらう。ここはオランダ人が居た家で、大食堂、グランド・ピアノ付の立派な家である。デングの発疹最高潮らしい。

五日
午前中テニスをやる。久しぶりに水浴をして七日ぶりの垢を流す。これを以てデング全快とする。中島健蔵氏、平野直美君の訪問をうける。東日宿舎へ遊びに行き街へ出て夕食。久しぶりにウイスキイを飲む。元気恢復。

六日
仕事もしたくないし遊びたくもない。陸軍班の井伏、中島諸氏もみな気を腐らして文句ばかり言っている。内地へ帰って仕事をする方が能率的だ。夜はなす事もなく酒をのむ。英国の美酒、豪洲のチーズ、そして疲れている。自分の書斎に坐り自分の机で物を考えて見たい。

七日
佐々木参謀を訪ねて不在。ラングーンへ行ったという。安藤嘱託をたづねて不在。サイゴンへ行ったという。関口嘱託から酒をもらって帰る。近いうちにジャバへ行って見ようと思う。井伏、中島両氏と遅くまで歓談。

九日

午前中ひさしぶりに原稿を書き、午後はテニスをやる。

（美談一つ……）クチン上陸のとき沈められた駆逐艦狭霧で、乗員はみな夜の波の中に浮いていた。某一水が木片にすがっているると近くでおいおいと呼ぶ声がある。それに答えると向うから、「お前は誰だ」と言った。何々一水ですと名乗ると、「お前は負傷していないか」と訊かれた。「はい、どこも何ともありません」。すると向うは「ここへ来い」と呼んで、「俺は浮輪を持っている。しかし全身火傷でとても助からない。浮輪はお前にやろう」と言う。そして浮輪を一水に渡すと、そのまま黙って沈んでいったという。この人の精神はすばらしいと思う。人間もそこまで行けば神に近い。

大毎林信夫君がペナンからの来ての話。私が出た次の日、ペナンでは共産党員の大検挙があったという。海軍二個中隊陸軍一個中隊、憲兵総動員で辻々をかため家宅捜索を行い、五百名を検挙しその半数を斬ったという。クアラルンプールやイポー付近で彼等は橋を焼き交通を妨害したこと屢々であったという。

台湾銀行支店長に会う。台銀は明治三十何年から来ていたという。夜、東日舎宅でビールを飲みながらマレーの政治を論じ、深夜になって懐中電燈を照しながら帰る。

十一日

鳥海入港。ケッペル・ハーバーに出迎える。久しぶりに士官たちと会って雑談。機関長砲術長水雷長などを案内して街で買物をする。鳥海は一旦日本へ帰るということで、私も自宅にみやげ物を托す。中華料理店で乾杯。

鳥海の戦記を聞くと四月一日メルギー出港。アンダマンの南を迂回してインド洋に入った。四月五日に南方機動部隊金剛、扶桑その他空母三隻、巡洋艦駆逐艦と同時に、カルカッタ、マドラス間襲撃を計画していた。鳥海は熊野、三隅、由良、最上、それに空母龍驤と駆逐艦の編成で北西に向う。艦載機の偵察により敵船団の南下を発見。鳥海はわざと速力をゆるめて明早朝船団と出会うようにした。

六日、夜明けと共に敵護送船団を発見。逆航して接近。向うは味方と思ったらしくアメリカの旗をあげた。鳥海は距離五千、ほとんど平射で第一斉射。命中。敵は回頭、ただちに沈没。すると第二船があらわれ、之を沈めると第三の船が現われ、計八隻を沈めた。胴っ腹に穴があくのが見えたという。別の一隊とで計三十隻を沈めたという。

他の機動部隊は五日コロンボを空襲して飛行機六十。翌六日は東岸の軍港を襲うて六十機。新鋭のソードフィッシュという戦闘機をみな落したという。六日は逃走中の重巡二隻を空襲撃沈。その後三日間海上を遊弋（ゆうよく）し、九日に至ってセイロンの東岸で空母一隻を沈めたという。六日に鳥海は敵の偵察機に発見されたので、空襲を覚悟して待っていたが、遂に一機もあらわれなかった。

英国の戦争のやり方は、日本人には理解できないと、将校たちは語っていた。

マレーに於て、華僑対策は峻烈をきわめた。満州に於て安居楽業を宣伝したが実績あがらず、シナの占領地でも駄目だった。シナ人は日本人を信用しなくなっていた。そこでマレーでは別のやり方をした。即ち華僑は一応敵国人として取扱った。シンガポールでは華僑の幹部に向って財産の大部分を没収する事を申し渡した。すると相手は「全部をさし上げるから、その半分を当分の間貸し下げてもらいたい、それを資本にして吾々は生活を建て直します、約束の期限は堅く守ります」と言った。さすがは華僑であった。日本軍はそこで五千万ドルの負荷を申し渡した。彼等は承知し、その通りを納入した。相当の実力であった。

不逞分子に対しては共産党を中心に峻烈な検挙を行い、シンガポールに於ては三千五百、ペナンでは五百以上の者を断ったと言われていた。

（開戦前の緒戦――）十二月三、四日頃、海南島三亜と仏印のカムランとに集結したマレー上陸の大船団は、先づバンコックへ行ってビルマ・ルートを遮断すると称した。この船団は小沢司令長官の図らいで優秀な船団とし、平均速力十四ノット。仏印のサンジャック岬を廻り西北に転じ、シャム湾に入ったのが十二月六日。七日の朝、英の水上艇一機が偵察に来たが、是を帰してはならないと艦載機が急迫して落してしまった。開戦の一日前のことである。そしてその夜のうちに船団は方向転換してマレー半島の三ケ所を衝いた。コタバルには敵の厳重な警戒があり、ここの上陸掩護は山本五十六が許さなかったが、小沢司令長官は山下奉文（ともゆき）〔陸軍司令官〕と会見して意気投合し、山本長官の意に反し独断で掩護を承知し上陸軍を送ったという。
（もう一つの緒戦――）ハワイを襲った海軍は十二月五日頃に真珠湾の入口に潜水艦の網を張った。空母基地の艦隊は十二月七日の朝、敵一機の接触をうけ、之を帰してはならぬと全力をあげて追撃、落してしまった。しかし落ちる前に無電を打ったであろうと考え、司令部に向って「開戦一日早くなるやも知れず」と報告した。事実は無電を打っていなかったらしい。
（もう一つの緒戦――）真珠湾口で一隻の潜水艦が敵の潜水艦を発見し、こちらも発見されたらしく思えたので、遂に之を撃沈してしまった。十二月五日頃であるという。真偽はわからない。

十二日

巡洋艦川内艦長島崎大佐、駆逐艦天霧（あまぎり）の青年将校たち七八人を私たちの宿舎に招待して招宴を張り、大いに飲み且つ談ずる。川内艦長は御機嫌になって自作の白頭山節などを歌い、十一時半になって散会。

十三日

鳥海を訪ねてお別れを言う。鳥海以下の七戦隊、熊野、三隅、最上、由良それに空母龍驤など、また第三水雷戦隊などみな内地へ帰ることになり、今日午後五時出港。第二戦隊の空母その他の主力艦も帰るらしい。インド洋はカラになる。第一次作戦終了である。第一南遣艦隊の旗艦は香椎となり、小沢長官も香椎に移った。これは元々は練習巡洋艦で、メン・デッキはチーク材で張られて居り、艦尾のテントの中には植木鉢をならべ、さながら商船のサロンのようであった。小沢長官は雑誌の一頁を破り取った詰将棋の記事を参考に、独りで駒を動かしていた。艦長小島大佐、副官などと雑談。午後三時にマレーの酋長(サルタン)達が挨拶に来るというので、その前に艦を辞した。私は艦隊副官から特に二週間のジャワ旅行の許可をもらい、添書をもらった。

香椎は明日セレタ軍港に廻航。司令部は上陸して官舎に入り、五月五日頃の侍従武官の視察まで待期する由である。

私はここ五六日の中に海軍の定期便でジャワに向い、二週間後にシンガポールへ戻り、それからサイゴンへ行って仏印進駐誌の資料を本格的にまとめる予定。夜同盟通信の永井氏を訪ねて、進駐当時の体験を聞く。

十四日

午後、ブキ・テイマ高地の戦跡を見て廻る。至るところに地雷にかかった自動車が腹を見せて粉砕されて居り、至るところに陸兵の白木の墓標が立てられ、罐詰の食糧が散乱し、異臭が鼻をつく。ゴム林は砲弾に枝を折られ幹を砕かれていて、当時の激戦を偲ばせるものがある。この間に在ってシナ人はもう露店をひらき食物を売っている。

夜、テニス・コートの横の木柵に一ケ所、不思議に青白く光るものを発見、近づいて見た。（光り苔）というのは是かと思う。五十メートル離れても見えるくらいに光っていて、気味が悪かった。

十五日

セレタ軍港へ行き副官に会う。報道班員の月給がようやくきまった。私は三百円でうち百円は自宅送りだ。まる四ケ月間は月給もきまっていなかった。事務がこんなに遅延していいのだろうか。報道班宿舎で久しぶりに日本米の飯とみそ汁とにめぐり会った。日本米の旨さに、自宅へ帰ったような気持になった。

夕方から同盟通信社の宴会に出席。エムプレスという汚いレストオランの上で、市街を眼下に眺め商港を見おろしてシナ料理を食う。改めてこれがシンガポールかと思う。夜、宿舎で遅くまでマレーの政治を論ずる。

十六日

街へ出て多少の買物。夜、グッド・ウッド・パークホテルに佐々木参謀を訪ね、二時間余にわたって仏印進駐当時の体験や軍略を聞く。つまり進駐の中心的な思想を聞き得たのは大きな収穫であった。佐々木中佐は癖のある軍人であるが頭脳明敏で、彼の画策が仏印では相当有力に働いていたものらしい。近日中に日本へ帰るというが、私は帰国後にも彼を訪ねる必要があるだろうと思う。午前一時ちかくなって辞去。仏印進駐誌の調査が進みはじめて、いささか愉快である。

十八日

午前十一時パークホテルにて、副官と報道班員との会合あり、新たに配属をきめる話。私は書き上げた原稿を提出し検閲を求める。夕方原稿が返却され副官の註が付いていた。(陸軍に於て軍政ようやく緒についたところを、海軍報道班員の名によって批判的な記事を出すは如何。堀内報道部長の指示を仰ぐがよからんと存候。)これは結論的には中止勧告であろうと思う。副官の意見も至当であろうと考え、やめる事にした。

本日午後四時内地より通信あり、午後一時半より二時頃、東京、横浜、名古屋、神戸に米機の空襲を受けたと聞き、愕然とした。(註・米機動部隊からの海軍機で、ドウ・リトル指揮のもの。)ここまで来て本国が襲撃されるというのは口惜しくもあり腹立たしくもある。神戸一機、名古屋二機で大した事はないというが、東京は丸之内、銀座が一時交通絶えたと言い、敵機は数方向から来たというから、機数も多かったらしい。防衛総司令官東久邇宮大将は昨日陛下に防衛状況を御報告申したばかりだともいう。日本にとっては良い警告でもあるが、敵が大宣伝するだろうと思うと不快だ。鳥海と第七戦隊とは十三日にここを出て、今日あたりは台湾付近であろうか。留守宅については特に心配はしないが、女ばかりで心細かっただろうと思う。

夜、同盟支局長代理前田雄二氏を訪ねて十時から十二時半まで、仏印進駐当時の体験を微細にわたって聞く。私の資料も段々にまとまって来た。前田氏の話は夜半に及んでもまだ半分にしかならず、もう一度面談を約束してもらって、暗い夜道を歩いて帰る。

十九日

日本からの新しいニュースはないが、空襲の被害は大したものではなかったらしい。赤十字の総裁が米機の盲爆を非難している。病院や小学校に投弾したらしい事を知る。

テニスをやり、その後でマレー人の音楽を聞く。夜はビールを飲んで閑談。こうなったら東京よりシンガポールの方が平穏無事だと皆で笑った。東京の市民はようやく現実に、自分たちも戦っているのだと悟ったのではないだろうか。

二十日

日本からの消息によると早稲田中学に投弾されたと言い、第一陸軍病院が三棟焼けたという。深川か川崎かでは学生が機銃の掃射を浴びたとも言う。東京の死傷者二百名。六十名は死亡と言った。東京としては歴史はじまって以来のことだ。ペナンで書いた私の原稿を、ここの陸軍某少佐がここの陣中新聞にのせたいと言う。承諾。

二十一日

セレタ軍港へ行き、明日のジャワ行き航空便に乗る事の許可を得た。それから始めて正式の給与を受け取る。十二月以降の分、旅費など入れて八百円ほどになった。当分これでインフレである。

夕方から軍情報班菱刈氏を訪ねて、ハノイ進駐当時の資料を得ようと思ったのに、その家が尋ね当らず、無駄になった。その代り陸軍宣伝班を見つけて井伏鱒二、中島健蔵、平野直美氏などがビールを飲んでいる所にぶつかり、歓談。車で夜道を送ってもらう。明朝は九時出発。センバワン空港までは同盟社の車で送ってもらう予定。

二十二日

午前八時半、約束の車は来ず、荷物を持って同盟事務所まで歩く。八時四十五分出発。センバワン飛行場まで二十キロの道を二十五分で突っ走り、九時十分着。飛行機はもうエンヂンを廻していた。海軍の中型攻撃機。九時半離陸。

忽ち眼の下にセレタ軍港とジョホールバールと、シンガポールの全景が見えて来た。黒く林の枯れた所は重油の流れた跡である。上空は快晴。海上は無数の島つづきで、南に行くに従って虹色の珊瑚礁が島をとりまいている。機は二千六百メートルまで上昇。頭上、四、五千メートルの所にある雲は太陽を受けて、銀色の羽毛のように輝いていた。

すこし居睡りをして眼がさめるとバンカ島が左に見えていた。激戦地バンカ海峡は眼の下にある。そしてスマトラは右手に、茫々として果てしもなくひろがり、密林に掩われた平たい島であった。パレンバンもチントクも、いくら見廻しても解らなかった。

スンダ海峡はまさにスコールの密雲に閉されていた。右もスコール、左も黒い縦縞を造っての豪雨。そして前方の空も真黒であった。機は高度をぐんぐん下げ、海面が近づいた。ジャンクの帆までも見えた。高度二百五十。海に落ちるのかと思われるような高度で、機は真黒い雲の棚の下をくぐり抜けた。この棚から上は真黒な雲。その下は風の世界であった。機は風にあおられながら四十分もかかって雲の下をくぐり抜けた。ようやく機翼に日が射して来たと思うと、無数の小さな珊瑚礁の浮んだ海の上に出た。言語に絶する美しさで、神の世界に来たような気がした。

（註・これはサウザンド・アイランドと言うらしい。）

バタビア付近は平坦な沃野で、この島は開発し尽されているという言葉がうなづかれた。貧弱な港が見え、ばらばらに無計画に延びた市街が見えて来た。赤い汚い色の屋根の群。滑走路を見ながら機は二度も旋廻した。一方の滑走路には沢山の穴があいていて、人夫が修理していた。これはオランダ軍がこわした穴であると後になってから聞いた。機は一度海まで出てから、大袈裟に慎重に着陸した。穴の修理をしているのはオランダ軍の捕虜であった。捕虜はこの付近で七、八千人居る由。

飛行場から軍宣伝班に電話をかけると阿部知二君が出た。彼の車で出迎えてもらい、久闊を叙する。それから映画班へ行き、大宅壮一氏を訪ねて、氏の家の一室を私の宿舎として提供してもらう。町田隊長を訪ねる。海軍報道部に挨拶に行く。東京日日支局へも行く。忙しい一日であった。夜、富沢君と大木惇夫氏の訪問をうけ、バタビヤ沖遭難当時の模様などを聞く。大きな外人用のダブルベッドに、蚊帳を釣って独りで寝る。

二十三日

午前中、松井翠声君の車で市中の見物をさせてもらう。戦いの跡なし。物資は豊富。オランダ市民が男女腕を組みあって歩いている。今のところこの島の重要な生産はオランダ人が支配しているので、彼等を逮捕すると損失が大きい。一応捕えた石油技師を釈放して高給を払っている。しかし遠からず島から追放されるだろうと日本側は語っている。

人情は概して平和。今日は朝から時雨のような小雨が時々降る。シナ人街、旧市街まで廻り、途中で昼食。映画監督倉田文人に会う。彼は前より肥っていた。富沢や松井はおびただしく白髪がふえた。大宅壮一は痩せたが、阿部知二は元気である。武田麟太郎には会っていないが禅僧のようになったという。

午後は午睡。箪笥の中に前住者英国人〔ママ〕の衣類が、十年かかっても着られないほど有る。一匹の犬がしきりに吠える。英人が飼い馴らした犬も使用人も行儀が良い。

二十四日（金）

海軍の二十一根據地隊司令に会ってしばらく雑談。目下ここでは海軍の作戦行動なく、艦艇も少い。大宅氏が明日バンドンへ行くので、司令から同行の許可をもらう。夜、同盟通信の松本重治局長、朝日の千葉局長が来たので、町田宣伝班長の招宴あり。私も同席。北原、大木、富沢など二十人ばかり同席して盛会であった。会場はホテル・デス・インデス。

終って町田隊長の公邸へ行く。元銀行支店長の豪勢な家で、白人たちが殖民地でどんな生活をしていたかが解る。大木惇夫は酒を飲んで楽しくなり、裸になって自作の詩を朗読した。吃りながらの朗読である。

午前二時帰宅。胃腸薬を飲んで眠る。

二十五日

午後一時バタビヤ発。二台の車。私は大宅氏と同席する。私は半袖の服しか持たないので、オランダ〔ママ〕人の前住者の白い背広を占領して着用。すっかり寸法が同じで、気の毒な気がした。ワイシャツからカラー・ネクタイに至るまで箪笥の中にすっかり揃っていた。私の物と言っては褌と靴だけである。市街をはづれると七十五キロから百キロで飛ばした。農村はタピオカを作っている。百姓が稲の穂を束ねて担いでいる。ジャワの米は日本米に似て旨いという。

ボイテンゾルグ着二時半。昼食。ここの有名な植物園は総督官邸の中で、目下入場禁止。素人が見ても価値はわからない。午後四時前出発。前の車が百キロの速力で、二羽の家鴨を一瞬のうちに轢き殺した。羽毛が飛び散る。一町あまり走ったところで、骨がささったのか、車はパンクして修理に四十分を要した。家鴨の祟りであろう。

バンドンは高原の都市。森(しん)として物音も少い。水が乏しく樹木が少い。軍の宣伝班の土屋少佐にあいさつ。グランド・ホテルに泊ることにした。久しぶりに自分の費用で数日を過すのが、何となく嬉しい。いまここに泊っているのは外人数名と朝日の記者数名と、私とだけである。ホテルは当然立ち行かないので、風呂場にも湯は出ない。水が冷たくて、とても入浴はできない。

いま外人の私的旅行は禁止。市民も夜七時以降は外出禁止であるが、天長節から後は夜の外出を許すと言う。商店も開店させる。天長節の行事としては敵国の国旗を広場に集めて焼き棄てる事。バタビヤではオランダの戦勝記念凱旋門を爆破することだという。苦肉の策である。ソロ、ジョクジャ〔ジョグジャカルタ〕等の酋長国では、独立要求の為に不穏の形勢があるという。占領地統治はこれから困難を加えることになる。誰も歩いていない街をひと廻りして見る。交通信号ばかりが赤く青く、いたづらに規則正しく点滅していた。十一時半、自動車の旅に疲れて眠る。

二十六日（日）

街の数個所で天長節奉祝のアーチを造っている。住民にとって天長節は何の関係もない。ここへ来てはじめて蟬の声をきいた。日本の春蟬は稚なげに鳴いて情緒があるが、常夏のこの島のしわがれた声で鳴く蟬は、老婆の歌のようで聞き苦しい。

午後ひとり街を歩いて、小馬の曳く馬車に乗って見たり軍人無料の映画館をのぞいて見たりする。ジャワサラサを一つ買って見たが、女はとも角、良い年の若い男がこのサラサを腰に巻いた姿は、だらしがなくて亡国的である。夜、兵器廠の平田少佐を訪ねてビールを飲む。こういう人にでも会わない限り、この町では酒類も乏しい。

二十七日

大宅壮一氏はジョクジャカルタへ車で旅に出たが、今日中に着けるかどうか解らないという。近くジャワに高松宮殿下が来られる由。新しい統治領を陛下の御名代で視察されるらしい。

この町ではタクシーの代りに小馬（ブル）の曳く馬車が一日中街を走り廻っている。蹄鉄の音が朝から夜まで聞えている。銀色の金具を一杯つけて、それが却って侘しい。今日は私の部屋の窓にも青い松の葉の飾りが付いた。夜は細々とした雨であったが、今日から夜間外出を許された市民は、家族連れで、レーンコートを着て、用もないのに街を見て廻っていた。元々自分たちの街を、今は他国人のようになってしまった彼等の姿はうらぶれて淋しげに見えた。

街で朝日読売の記者たちに会った。ホテル住居は不便だからと軍に交渉して一件の家を貰うことになった。（気に入った家を探せ）と言われて探している所だと言う。私も弥次馬に加わって歩いて見た。市営住宅の街を車で徐行しながら、良さそうな家を探すのである。見当をつけて、「是をちょっと見ようか」と相談して、オランダ人の家族の現に住んでいる家へつかつかと入って行き、居間は幾つ、寝室はいくつ有るかと、扉を開けさせて、ガレジは有るか、台所がせまいな、などと調べて行く。住人が真蒼になっている前で、「この家も良いね、こいつらを追い出すか」などと日本語で相談していた。飼犬が吠えると主婦はあわてて犬を叱った。

今ではオランダ人や混血人は全くの無力で、新聞記者に出ろと言われればその日のうちに、どこかへ立ちのかなくてはならない。新聞社の連中は三四軒見て廻ってから今日の調査は終りにして、帰ることになった。その車の中で、「全く、戦争には負けるもんぢゃないね」と彼等は、自分の事ではないという風で、遠いところから敵国人に同情していた。

二十八日

朝から快晴。蟬がうるさい。私の窓にボーイがカーネーションとガベラの花を飾った。ホテルの支配人が飾りつけを指図している。このオランダ人は日本の天皇の誕生日を、心にもなく祝わねばならないのだ。遠からずオランダ人はひとまとめにして、どこかの島へ追いやられるらしい。

夕方風呂へはいろうとしていると、ドアを叩いて外国青年がはいって来た。御助力を乞いたいという。垢のついた一着の洋服を出して、是を買ってくれと言う。バタビヤに家族が居るが、そこまで行くかねが無いらしい。しつこい男だった。ついに一ギルダーを与えて帰らせた。

天長節前夜だから何か旨い物をたべようと町へ出ると、オランダ人専用というクラブがあった。有色人は入れないのだが日本人は制限外である。ブドー酒を抜かせると是は素敵なものだった。オードブルを註文すると大皿に七品も持って来た。こちらは二人で、勿体ない。仲間の新聞記者も呼んで、遂に宴会となる。久しぶりに良き一夜であった。

今日の午後は市庁の前の広場で軍政部長松井大佐の演説があった。通訳付きであるが、恐ろしく愚劣な長たらしい演説で、聞いている私の方が何とも恥かしい気がした。数千の民衆は退屈し、子供は走りまわり、南京豆売りが鈴を鳴らして歩き廻り、その中で大佐は八紘一宇を説いているのだから、場ちがいも甚だしい。

二十九日
天長節。午前十時朝日の車で市庁前の広場へ行く。群衆約二千人。柵を造った中で敵国の国旗を山のように集めて焼いていた。旗は毛織物が多いので、いぶるばかりで燃えない。だらしのない行事だ。天長節の行事ならもっとやり方があるだろう。これでは敵国の国旗を凌辱しているだけではないのか。

午後はジョクジャカルタの舞踊家たちによる古典的な踊りの会があった。日本軍の命令によって、王宮の中の門外不出の芸能が日本人だけに公開されたのである。これは立派なものだった。ガメランというジャワの交響楽の伴奏で延々三時間、驚くほど巧みな俳優たちであった。その仮面もその音楽の形式も日本の宮中の舞楽に大変に近い。共通の伝統を持ったものであろうか。

この町の天長節の夜は歓楽の復活の姿があった。昼は仮装行列があり、夜は群衆がイルミネーションの街に群れていた。昼は跣足（はだし）であった連中も夜は木靴をはき、男女腕を組んで歩いている。これはオランダ人の真似であろうか。

軍は商店のショウウィンドーに天長節の飾りをさせ、懸賞をつけた。富士山と鳥居とがどの窓にも作られている。彼等の生き残る為の懸命な努力が哀れであった。白い大輪の菊があって日本の秋を思わせた。ジャワは大谷光瑞（こうずい）〔宗教家。近衛内閣参議〕の農園があって、こんな菊を作っていたという話である。

三十日
蘭印政府の高官たちには相当の人物が居たらしい。彼等は日本軍に捕えられ、（日本への忠誠を誓え、相当の待遇を与えよう）と言われた。しかし頑として応じなかった。「吾々は既にオランダ女王に忠誠は誓った。いま日本への忠誠を誓うことは偽りであらねばならぬ。日本軍は吾々に虚偽の忠誠を要求するのであろうか」と。協力はするが忠誠は誓えないというのだ。そして彼等はみな敢て引っくくられた。（これは日本軍人が恥を掻いたことにならないだろうか。）

昨夜、元内務長官というオランダ人を連れて来て、ピストルで脅しながら放送をさせた。立派な人物であったと言う。係の軍人は怒鳴りつけ、老人はしわがれた泣くような声で放送した。テストの時二個所ほど、「ここは私には言えない」と拒否したのを、軍人はなぐりつけて放送させた。そのあとで彼はようやく釈放され、佐藤参謀が自分の宿舎へ連れて行って寝せたという。この男の内心の口惜しさが、私にはひとごととは思えない。彼は今後、生きている限り日本軍を恨みつづけることであろう。人ごとにその体験を語りつづけるであろう。永い眼で見れば、日本は国際的にどれだけの損失をしたのか、計算できない程だ。

五　月

一日

軍に従って五ケ月目を迎える。東京はどうなっているだろうか。バンドンに住んで六日目。街の匂いが鼻について来た。匂いはほかでもない、絶えず街を走り廻っている辻馬車がこぼして行く、馬糞の臭いだ。殊に日盛りには、その臭いが耐え難いほど嫌になる。

ジャワ政府は住民にこまかい雑多な税を課して絞り上げていた。履物税というのが有ったから住民は跣足が多かった。いまその税がなくなって跣足が少くなったと言う。

バタビヤとバンドンの間の山道では両側の大木に赤ペンキで沢山の印がついている。日本軍が進んで来たらこれを道路に伐り倒して進撃を喰い止める方針であった。直径二尺もある大木であるが、道に一本も伐らないで退却してしまった。戦争は九日間で終っている。

正午ごろ山の上の放送局に遊びに行く。市街の全貌を見下す高台である。戦闘機三機に護衛された爆撃二機が飛んで来るのが見えた。高松宮殿下御到着であった。

大本営海軍報道部課長平出大佐が来たと聞いて、サヴォイ・ホテルに訪問。ビールを出させて夜十二時すぎまで雑談。彼は吾々から、自分の放送の種を仕入れて、しきりとノートしていた。

しかし彼に第一級の材料を提供する訳には行かない。こちらが苦心して集めた材料は、こちらで使う予定がある。暢気な旅行をしている大佐に進呈することはできない。

二日

新しくバタビヤとバンドンで住民に人頭税を課している。それが住民登録でもある。オランダ人男百五十ギルダー、女八十ギルダー、金融の不活発な街でこの現金課税は相当辛いはづだ。シナ人は不満であるらしい。貧民はどうするのか。軍政部は強行策であるらしい。（シナ人は男百ギルダー、女五十ギルダーである。）

当地の捕虜収容所では面会も差入れも許していた。するとオランダ人の女たちは面会所の格子をはさんで抱擁接吻、眼にあまる行為が多く、若い日本の兵士を刺戟して困るというので、相互の距離を四十メートルと限定した。これはまたひどい話で、両側からみんな一斉に叫びはじめると誰の声もきこえず、姿を見るだけになったと言う。

昨夜おそく大宅氏帰着。明日バタビヤへ帰る予定。私も同道する。

街で辻馬車に乗った。御者は馴れた手付きでしきりに鞭を振う。小馬は打たれても打たれても一向にあわてもしない。気がついて見ると死んだ馬の革で造った鞭が生きた馬を打ちつづけているのだった。その惨酷さに気がつくと、私は顔を反けたい気がした。人間の考え出した文化というものは、このようにして次第に心のやさしさを失って行くのではないだろうか。今夜は明月。南十字星もすばらしく美しい。

豪勇剽悍（ひょうかん）な軍人として、敵中突破で何度か偉勲を立てたという中尉に出会った。会って見ると森の石松みたいな、只の命知らずの人、無知で乱暴な男に過ぎなかった。戦場だけでしか使い道のないような青年である。戦争はこのような豪勇の青年を殖やす。そして微妙な美しい人間感情は蹂躙されて行くのかも知れない。

三日

午前中に軍宣伝班土屋少佐その他に挨拶。この街に一週間。街の性格の外観だけは少し解った。午後三時バンドン発。スコールが来て、三百キロの道を断続して降りつづけた。別の車にオランダ人のカメラマンとその妻子を乗せて走ったが、このカメラマンは反日的である証拠が幾つも挙っているので、遠からず逮捕されるだろうと言う。彼が捕えられた時、美人の女房と幼い子供とはどうなるのか。その日は遠くないのだが、当人はまだ知らない。戦いは今や武器の段階を終って、性格的なもの、感情的なものに形を変え、そして長期にわたって続けられるであろう。主義、思想、理想、信仰。問題は複雑だ。勝った者には勝った者の猜疑心があり、敗けた者には敗けた者の猜疑心がある。本当の勝負がつくのはいつの事か。

午後七時バタビヤ着。街に出てビールを飲む。夜更けて新聞社の連中が五六人なだれ込み、互に口論喧嘩して一方は血を流すさわぎであった。オランダ人の店の女が軽蔑した顔で見ていた。シナの戦場でも同じだった。従軍生活の中で感情の肌が荒れてしまった人たち。軍人も従軍記者も自戒しなくては、単なる戦争屋になってしまう。

インドネシヤは日本軍を歓迎し、軍票を喜んで受け容れた。日本軍が来たと聞いて鐘を鳴らして歓迎したが、翌日になってその日本軍が殲滅されてオランダ軍が来るという流言が飛び、住民は先を争って逃げた。そのあとで日本の戦車が来たのでまた大歓迎をした、という話もある。自分を恃む力のない民族の狼狽であろうか。

近日中に小スンダ列島に対する海軍の作戦が行なわれる予定。これは濠洲作戦の前提になるものであろうか。

四日

昨夜十一時、スターリンが心臓麻痺のため急死すという秘密ニュースが入った。この街に住む百万長者のドイツ夫人が、秘密の経路を辿って入手したものだと言う。真偽不明。事実ならばドイツ軍の英本土への上陸作戦は早まるのではないかという。しかし日本の新聞社が何も知らなくて、この夫人にだけタイプで打ったニュースが入るというのは、どうも怪しい。

五日（端午の節句）

朝日新聞支局に原稿を渡す。

日本軍がバタビヤ上陸の直後、朝日新聞は東京本社宛に、（バンドン放送局は今朝0時以後沈黙せり）という無電を打った。ところがサイゴンの放送局はバンドンと同じ波長で謀略放送を流していたので、（沈黙せり）と言われると其後の放送ができなくなる。朝日は軍からうんと叱られた。

　夕食は軍宣伝班の連中と一緒になった。端午の節句の為に一杯づつの日本酒とうどんとが出された。久しぶりなので期待したが、あまり旨くなかった。この街にも近頃は娼婦がふえたという。銀行は閉まっているし職業から離れ、物価は高いのだから、娼婦が多くなるのは当然だ。戦禍が過ぎ去ったあとのあらゆる街々に於て、女性の転落がはじまっている。一般の家庭生活の没落は、次の世代の人間にどのような影響を残して行くであろうか。この事は日本についても充分に考えて置かなくてはならない事だ。高率税と物価高と、そして物資欠乏は、日本の社会にも少なからぬ影響を残して行ったに違いない。被害を受けるのは先づ女だ。

　スターリン急死の話は、その後確報が入らない。夜、プリンセン・パークと称する華僑中心の遊び場へ連れて行かれる。レヴュー小舎や安っぽい芝居小舎があり、ほの暗い広場で民衆が猥雑な音楽に合わせて踊っていた。女歌手が下手な歌をうたい、日本の軍人がしきりに喝采していた。

　六日
　明日はこの町を去るというので阿部、飯田、松井氏等と街の酒場で送別会をやっていると、町田中佐から迎えの車が来た。行って見ると氏の邸宅では日本人のコックが鮨や天ぷらを作って待っていた。夜更けまで痛飲して富沢邸へ行き、遅くなって大木惇夫氏の部屋に泊ってしまう。本日小磯良平氏等の画家到着。日本近海はなお危険の由を聞く。

七日

顔に日が当って眼がさめる。海軍司令部へ行って見ると今日の定期飛行便はとりやめになったという。滞在数日のびる。

南洋パラオ南方に於て米艦一隻撃沈という。確報はなし。英軍マダガスカルに上陸という報道あり。夜、この家の書棚から本を引っぱり出して読む。

八日

十日頃にシンガポール行きの船便がある由。陸軍の御用船である。乗船手続きの為にまる一日かかってまだ完了しない。ペストの予防注射をされた。近くこの街にも正金銀行〔横浜正金銀行。貿易専門の特殊銀行〕が開く。一番大きな銀行の建物を接収して開店するらしい。

雨が降らなくて、ひどく暑い。この暑さにも飽きた。何ケ月たっても秋が来ない。今日も松茸の話が出て、（ああ、松茸か、良いなあ）と一同が口をそろえて言った。

東京を空襲した米艦隊の飛行機の大部分はシナで日本軍に捕まったという。搭乗員は日本へ引き連れて行き、日比谷公園で見せしめの為に銃殺するのだと某君が言った。しかし是はやり過ぎだ。私は賛成しない。女子供の心までも血まみれにする必要はない。

九日

昨夜おそく大宅氏帰宅。海軍はチモール島付近に於て英米連合艦隊と会戦し、空母二、戦艦一、巡洋艦その他撃沈とのニュースあり。今朝大本営ニュースが入って、空母はサラトガ及びヨークタウンだという。珊瑚海海戦という名が付いていた。〔実際にはニューギニア島付近で米豪連合艦隊と会戦し、空母レキシントン一隻を撃沈〕
朝から海軍司令部、陸軍軍医部、揚搭場司令部と廻って、結局明日乗船の準備を終ったのは午後五時を過ぎていた。戦争中にこんな手数がかかっても宜いのかと思う。明朝は十一時集合、乗込み、午後三時出港。五隻の船団である。駆逐艦十二隻護衛に付く。しかも速力は七ノット半ぐらいという。心細いはなしだ。
夜更け、ボーイを起し、アスパラガスを肴にウイスキイを飲む。大宅氏談によれば珊瑚海に於て、吾軍も帰還せざるもの三十一機という。相当の被害は有ったらしい。

十日

午前十時、大宅氏に別れて東日支局へ行く。同行三名。十一時四十分ランチに乗って沖へ出る。セイロン丸四千九百五十屯。四十年の古船である。午後三時出港。先頭に駆逐艦一隻。その後に六隻の汽船が続く。快晴。船上は風が涼しいが、危い海である。
一等船室とは名ばかりで、ひどい蠅だ。そしてゴキブリが這い廻る。バタビヤの港の中は至るところ自沈した敵の船がマストを見せたり横倒しになったりしている。オランダ人の抗戦意識は激しかったらしい。或る捕虜の将校の夫人が日本軍を訪ねて来て、曰く、「私の良人はオランダ軍で働き、その月給で私は生活していた。いま彼は日本軍で働らかされている。その月給は当然私が受け取るべきだ」と。また或る将校から拳銃を取り上げたところが、彼の曰く、「その革のケースは返してほしい、それは自費で買ったものだ」と。つまりこの考え方がダッチ・カウントというものらしい。英人の捕虜は黙々としてよく働くがオランダ人は、一時間働いたら休ませろとか、雨が降るから休ませろとか、文句が多いという話だった。

午後五時夕食。沢庵と味噌汁は有難かった。雑談をしていると船体をゆるがす異常な音響に驚かされる。船員が入って来て船長に「只今駆逐艦が右舷で煙幕を出しています、何だかおかしいです」と言う。デッキに上って見ると駆逐は煙を吐いていたが煙幕ではなかった。一ケ所を旋回しており、船団は方角を変えた。駆逐から信号が来て、（潜水艦らしきものを発見せり）という。爆雷を投下してそれが炸裂した音であったらしい。「潜水艦の事は、まあ、心配してもきりが無いですからなあ」と船長は笑った。

六時半入浴。日没八時。厳重な燈火管制で真暗になる。枕もとに救命具を用意する。これからまた幾夜、服を脱がずに眠るのだ。暗い中で東京空襲の時の古い新聞記事を読む。

十一日

八時半起牀。先づまづ一夜は無事に明けた、夕方までは何とかなるだろう。黄昏と共に敵潜の行動がはじまる。九時駆逐艦から通信あり。この付近敵潜出没多し、警戒を厳重にすべしと。そう言われたって、どうして宜いのか解らない。昨夜は右舷百二十度あたりに南十字星が美しかった。いま針路は東北である。地図によって見るとビリトン島とボルネオの間を覘（うかが）って上っている。大迂廻して行くらしい、バンカ海峡は機雷原で、航行不能だという。寝牀に寝る時に考えた、敵は右から来るか左舷から来るか。右舷から来るとすれば第一番目の魚雷はブリッジの真下のこの部屋のあたりで爆発するだろう。……こういう考えは役に立たない。防御に廻ると人間は卑怯になり憶病になる。この船は機銃ひとつ持ってはいないのだ。（まさか……）というのは唯の気休めに過ぎない。
　同行の佐藤君から仏印進駐当時の話を聞いてノートする。資料が次第に豊富になってきた。七時入浴。今夜は一番危険な水域を通るのだというから、髭を剃り服装をととのえて置こうと思う。昨夜は満点の星。今夜は蠍座が美しい。月のないのが幸である。先頭の駆逐のマストにただ一点の赤い灯がついている。それを眼当てに五隻の汽船がたどたどしい航海をつづける。一隻は今朝の電報でスラバヤへ呼び戻された。

十二日
夜半から寝つかれず。暑くて汗をかいても窓があけられない。今朝は凪ぎ。赤道無風帯。右舷近くカリマタ島を見る。椰子の生えたかなりの島である。その向う、近いところにボルネオがある。明朝は赤道を越える。四回目だ。
　午後、護衛の駆逐は自分の責任海域を越えたからと言うので、帰ってしまった。シンガポールから迎えの駆逐が来る予定であるというが、それが来ない。船団は帰って行く駆逐を恨めしく見送った。あとは先生から離れた子供の遠足みたいに心細い旅になった。一体海軍はこの船団をどうするつもりなのか。船団は無用心にも黒煙を濛々と吐きながら進む。時速七浬。カリマタ島がいつまでも見えていた。

囲碁三局。雑誌を読み、昼寝。貨物船の有難さで、シャツ一枚にスリッパで居られる。早くシンガポールへ着いてビールを飲みたい。

十三日

終日雑誌を読み、碁を打って暮す。出迎えの駆逐はついに来たらず。赤道無風帯は波も立たず風も起らず。赤腹を晒したぼろ船五隻。幸に敵の眼をのがれて、ともかくも航海をつづけている。

午前九時赤道通過。しきりにイルカが跳ぶ。昼間からゴキブリが這いまわり、昼寝の腕にのぼり脛を走る。明日の午後にはシンガポールに入ってゆっくりと休めるだろう。船中一滴の酒もなくビールも無い。従って健康を害する畏れもない。敵潜が出て来なければ、退屈も続く。

十四日

五隻居た船団が四隻になっていた。夜半に、最後に居た盛祥丸が敵潜に追跡され、船列をはなれて無二無三に逃げ廻ったのだと言う。他の四隻は何も知らずに、相変らずのたりのたりと進んでいたらしい。護衛の駆逐はついに来なかった。海軍は吾々を見殺しにするつもりらしい。

午前八時小島が幾つも近づいて来た。正午、望遠鏡でシンガポール市街を遠望。それから機雷原を大迂回して、ケッペルの港の中に投錨したのは午後五時であった。ところが陸軍の連中は融通の利かない奴ばかりで、「吾々は揚塔係ではないから……」と言って、どの小舟も私たちをのせてくれない。結局兵隊十人と報道班三人は空しくまた一夜をこの汚い船で過さねばならなかった。腹を立ててみたがどうにもならない。こんな能率の悪いことで戦争に勝てるのか。

十五日

七時半、早朝の甲板で体操をして見る。しきりに魚が跳ぶ。ふと、波に揺られながら近づいて来る青い椰子の実を見つけて、島崎藤村の詩を思い出した。十一時、ようやく上陸。すぐ東日支局へ行く。東京の家族からの手紙が私を待っていた。二ケ月ちかくかかって届いた手紙である。家族の無事を喜ぶ。

同盟通信社秋山君は前に私が泊っていた部屋を空けて待っていてくれた。シャワーを浴びて旅の垢を落す。夜は前田雄二氏の送別と私への歓迎を兼ねて、支局長井上氏以下数人集って、楽しくビールを飲んだ。

十六日

朝からセレタ軍港へ行く。中村研一、小早川篤四郎両画家に会い絵を見せて貰う。昼食は日本米の飯とみそ汁。司令部へ行って見ると松崎参謀がデング熱で寝ていた。この島の日本人の間にこの病気猖獗中という。

香椎を訪ねて副官に会う。副官の話では六月末か七月はじめには吾々も更代で、内地へ還れるようになるかも知れないと。仏印内の調査を終ったら、熱帯暮しともお別れしたい。

小沢司令長官が昼寝をしている所を起して、ジャワ旅行の話をする。長官も今は少し暇が多いらしい。夜、東日支局高橋氏宅で小宴。日本酒が有った。サイゴン行きの二十二日の飛行機を申し込む。

十七日

同盟通信の依頼によりジャワ旅行の所感を書きはじめる。

最近アメリカ潜水艦の活躍はすさまじい。一万屯級の大洋丸が台湾沖で沈められ、産業開発のために南方へ来るはづの選りぬきの人々が半数以上も死んだ。この打撃は大きい。また三月下旬ごろカムラン沖で沈められた船では改造社の幹部三人が死んだ。敵潜は横須賀、下田、紀州沖あたりと九州台湾間に多く出没し、またカムラン付近とシンガポール・ジャワ間を覗っている。ほとんど一日一隻のわりで、相当優秀な船が沈められている。このままで行くと南方輸送の脈は混乱してしまうだろう。

十八日

原稿を書きつづける。陸軍筑紫参謀に会って仏印進駐の話を聞く手筈をつけたが、相手は旅行が多く、会えるかどうか解らない。

十九日

原稿を検閲に廻す。一日に二三度雨が降る。おかげで涼しい。大軒順三氏の訪問を受け、晩餐を共にして歓談。

軍人の話によると英人の捕虜は他の捕虜に比べて優秀で、一番従順である、さすがは英国人である、という。不遇の時に、その国民性がはっきり現われるのであろうか。そこへいくとオランダ兵はまるでいけないと言う。

二十日

原稿の検閲が終ったので、同盟支局に廻す。

中村、小早川両氏と街へ出る。ひとまわりして支局へ戻ったところがサイゴン報道部長堀内大佐から電報が来ていた。海軍記念日（註・五月二十七日）に報道班員の講演会をやるから、明日の飛行機で東京に帰れ、という大本営報道部からの帰還命令であった。報道部もずいぶん自分勝手だ。東京からサイゴンへ来るときは二十日もかかったのに、今度は明日すぐに帰れという。こっちはそんな訳にはいかない……。

私は今明日中に陸軍の筑紫参謀に会いに行く。この人は仏印進駐のとき陸軍の飛行場数ケ所の設営をやった人で、この機会に是非とも話を聞いておく必要がある。更にハノイ、プノンペン、サイゴンを調べて歩かなくてはならない。だからあと一ケ月は滞在したい。同盟からサイゴンへ電報を打ってもらった。

同盟の飛行機は午後一時半にカラン空港についた。新来の客を迎えて南天楼で歓迎会をひらく。その途中でサイゴンからの返事が来た。(事情は解るが大本営命令であるから、それをサイゴンで変更するわけには行かない、気の毒だが一度帰国して出直すようにせよ)という堀内大佐の命令である。馬鹿を言っては困る。仏印進駐当時の人たちは次々と散って行く。資料は捕え難くなるばかりだ。再度の機会は有り得ない。私の五ケ月の滞在が無駄になってしまう。一度や二度のラヂオ放送の為に帰国する事には断じて反対したい。

しかし当地ではどうする事もできない。一応はサイゴンへ帰ることにして荷物をまとめる。明朝は九時離陸の予定である。同行五名か六名。

二十一日

九時飛行場集合。エンヂン不調の為、再調整。十時十五分離陸。海軍中型攻撃機をそのまま使っているので座席はない。機械の間に膝を曲げて床に坐って行く。通信筒を落す為の径四寸の穴が床にあいている。この穴から外界が見えるばかりだ。煙草の灰はこの穴から落す。高度三千メートルの灰皿である。寒さに慄え、居睡りもできない。十二時五十分ペナン着。今はこの街にもダンスホールができたと言う。

二時再び離陸。マレー半島を横断し、二時間かかってシャム湾を横切る。仏印の上に出るところは広大な沃野で、稲田の連りである。スコールが来てひどく揺れた。

サイゴンでの最初の印象は街の空気が明るくなったことであった。仏人が日本人に敵意を示さなくなったらしい。抵抗の無意味さを感じ妥協的になったのであろうか。夜、堀内大佐の官邸で会食。私は、いま帰らされては何もならない事を繰り返し陳弁。あと一ヶ月間こちらに居らせて貰いたいと頼む。本当はひどい我儘である。大佐ははじめは大本営命令を楯にとって、帰れと言っていたが、遂に折れて、「では止って居たまえ」と言った。

二十二日

早朝飛行場へ行って、私の荷物を昨日の飛行機からおろす。この朝、海南島や関東方面は気象が非常に悪く、飛行中止となる。一同解散。そのあとで岡本機長発熱、三十八度。午後は三十九度となり、扁桃腺炎だという。それでも明日は海南島までとも角飛んでみると言う。少々無理ではないのか。

サイゴンはいま燈火管制なし。商店街も活気づいている。仕事の手筈をととのえて、明日から陸軍の人たちに会うことにする。

二十三日

朝、カチナの通りで東日林信夫君に会う。「手紙が支局に来ていましたよ」と教えてくれた。私は約束があって陸軍報道部長斎藤大佐を訪ねて行くところだった。大佐は警戒的で、肝心なはなしはあまりしてくれなかった。

訪問を終ってから支局へ廻り、東京の宅からの手紙を受取る。留守宅がともかくも無事でやっていた事を知り、安心する。しかし弟の家内が病死していた。出発前から、そんな事ではないかと気にしていたが、その通りになっていた。
この夜、松岡中尉と上野動物園の古賀さんと三人でショロンへ遊びに行く。古賀氏は召集の陸軍少尉で、獣医部か何かで働いている由。気持の良い人であった。博奕場で一円賭けて三円もうけてビールを飲み、また一円賭けて三円を取って煙草を買った。

二十四日
東京へ帰る報道班員をのせて同盟機出発。海南島経由で今夜は台北である。明朝は上海を経て一路東京の予定。
午前中ノートの整理。午後東日の横田高明氏から仏印北部進駐当時の話を聞く。詳細なはなしで、一度では済まない。三時すぎから松岡中尉と二人でゴルフをやり日没に至る。敗北。
昨夜堀内大佐は大南公司〔日本の商社〕の招待会で飲み過ぎ、今日は発熱。艦隊渉外部の仕事も暇になったらしい。サイゴンの報道班も今はほとんど誰も居ない。

（都合により、ここから後は概略の記述だけとする。）

二十五日
日本の新聞を見ると、（退蔵物資を提出せよ、過去の闇取引は咎めない）と発表している。物資が欠乏して来たらしい。

二十六日

長崎丸沈没、船長自殺。珊瑚海海戦の結果が発表された。尾崎秀実事件も発表された。堀内大佐に会って仏印進駐当時の話を聞きノートする。

二十七日

海軍記念日。毎日雨が降る。

二十八日

多少の消化不良。薬を飲む。堀内大佐を訪ね、談話をノートする。

二十九日

午前中横田高明君に会って先日の話の続きを聞きノートする。新聞記者の話は軍人の話よりずっと面白い。カムラン湾でガンヂス丸が沈められた。仏印の岸は敵潜の巣になっている。安藤嘱託の説によると仏印国内のどこかで敵潜に補給をやっているに違いないと言う。堀内大佐は近く転勤になる様子。

三十日

フランス女の服装が派手になった。私の資料調査が進んで行ったら、帰国後松岡洋右氏を訪ねたい。次に同盟松本重治氏からも話を聞きたい。

三十一日

佐藤総領事、松本重治氏等とゴルフをする。大南公司広橋氏を訪ねたが、他の来客が闇取引の話ばかりしていて、こちらの聞きたい話は聞かれなかった。

六月

一日

従軍六ケ月目に入る。

サイゴン河に碇泊したままになっているフランスの大きな汽船を、日本海軍に徴用させろと堀内大佐が交渉。交渉成立して昨日試運転があった。日本の旗を上げて輸送任務につくという。合計五万屯の船腹を獲得したわけである。そのチャーター料は先方が毎月百五十万というのを、大佐が談判して八十五万円に負けさせたと笑っていた。東日の日高君に会って談話を聞きノートする。

夜ショロンの遊び場で安南人の楽士とフランス兵との喧嘩あり。安南人は日本人の客が居るので強気である。結局フランス兵に謝罪させて終った。

四日

交趾（コーチ）シナ〔ベトナム南部〕のカオダイ教〔高台教。一九二〇年頃創始の新興宗教〕の事を少し調べて見たが無駄であった。ハノイ行きの切符を買う。大使府に蓑田総領事を訪ねて進駐当時の話を聞かせてもらう。

五日

突然長兄の訪問を受けた。この兄は陸軍航空中佐。フィリピン作戦のあとビルマ戦線に転じ、栄養不良とデング熱の為に歯が全部だめになり、サイゴンで治療するのだという。兄と同道して久米部隊長を訪問。この人は落下傘部隊長としてパレンバン飛行場を乗っ取った人。小男で気の短かそうな人だった。兄は八月には大佐になるらしい。

六日

後任報道部長大熊大佐着任。

七日

陸軍病院に岡村参謀を訪問。大本営の作戦参謀として南部進駐に関係ふかい人。痔を病んで入院中であったが、二時間にわたって細密な話をしてくれた。話の内容は当分発表できないような事が多かった。

六時半東日が出してくれた車で駅へ行く。一等寝台とは名ばかりの汚い車。七時すぎ出発。大変に揺れる。寝たままで躰が跳び上る。煤煙で何もかも真黒になる。窓外の闇の中を無数の螢が飛ぶ。

八日
午前八時半ニャトラン着。食事もビールも腹の中で掻き回されている。午後八時ユエ。
九日
十二時半ようやくハノイ着。ひどい旅だった。東日（現在の毎日新聞）支局へ行ってみると、支局長宮沢明義君は裸で飯を食っていた。海軍の大橋中佐を訪問。市中を一巡してプチ・ラックの岸でビールを飲む。夜十一時、宮沢君の案内で安南芸者を見に行く。すべて内芸者で外へは出ない。歌をうたって単調な踊りを見せてくれた。この花柳界は決して客に勘定を請求しないという。また決して貞操を売らない由。
十日
飛行場に成田中佐を訪ねる。
十一日
未明に空襲警報あり。シナ戦線から飛んで来るのだと言う。誰も騒がず、黙って寝ている。
十二日
午前十時から宮沢君、読売の和久君に案内してもらってハイフォンへ行く。どうしても見ておきたかった港である。十二時前着。ホテルで小憩。午後海岸へ行って見ると大阪商船の干珠丸という灰色に塗った軍用船が岸壁に居た。それが何と、昔なつかしいラ・プラタ丸のうらぶれた姿だった。十二年前にインドからケープタウン廻りでブラジルまで行った、あの船に、全く偶然に出逢ったのだ。船室は変っていないが、どこもここも赤錆びて、可哀相だった。

海軍事務所に高橋兵曹長を訪ねる。下士官であるが、援蔣物資〔米英ソなどによる中国・国民政府援助のための物資〕の監視の仕事で、六十何個所の倉庫を摘発獲得したという人である。七時まえハイフォン発。螢の飛ぶ田の中の道をハノイに帰る。

十三日

台湾拓殖会社の小牧近江氏（作家）に会いホテルで昼食。それから氏の宅へ行く。小牧氏は仏印進駐当時通訳に引き出されたので当時の事情には精通している。午後五時まで話を聞いてノートする。急いで東日宿舎へ帰り水を浴びて駅へ出る。またサイゴン迄のひどい旅行だ。今度は二等車。一時間も寝ていると煤煙でまっ黒になる。

十四日

午前十一時ユエ着。赤い煉瓦の城壁をめぐらした街。

十五日
正午サイゴン着。コンチネンタルホテルの別館に部屋をとり、堀内大佐に帰着の挨拶。大佐は明日新任地へ行くので、玄関で別れの挨拶をする。大佐もひどく丁重に挨拶を返した。帰って食事、疲れたので早く寝ようとしたら、食事をみな戻してしまった。あの永い汽車に揺られて胃が参ってしまったらしい。

十六日
食慾なし。多少の発熱。

十七日
朝からに胃に鈍痛あり。長期旅行の疲れもあるのか。堀内部長は去り、大熊大佐とは連絡もなく、何となく解任されたような空白な気持である。夜、田村氏、松岡氏に会って仏印外交の裏ばなしを聞く。

十八日
朝日新聞の徴用機シンガポール発との情報あり。それに乗れるかも知れない。帰国命令も何もないが、堀内大佐には諒解をとってある。長兄と会い、手紙を託される。午後五時、朝日機は明朝出発、私も乗れることになった。経理部へ廻って月給をもらう。夜十一時兄をホテルに送って別れる。

十九日

午前六時清友嘱託と同車して飛行場へ行く。六時四十分離陸。海軍の中攻機。将校三名同席。二時間居眠りして眼がさめるとツーラン（現ダナン）から海に出たところであった。行程五時間三十分。海南島三亜を越え、雷州半島を左にして大陸にかかる。珠江デルタを下に見て広東に出る。褐色の汚い色の都市である。日本時間二時二十分着陸。新華ホテルに泊る。小雨。朝日新聞支局の人たちと晩餐。

二十日

六時起牀、七時半飛行場へ行ったが、整備に手間どって九時四十五分離陸。山脈にかかり高度三千六百。南方の服装しか持っていないので、ひどく寒い。作戦地域の上空は避けて沿岸を行くことになり、汕頭の上に出る。杭洲湾から高度を下げる。物凄い雨が来た。雲の下で上海を探して漸く大場鎮に着陸。三年八ケ月前に来た時は格納庫一つだけの飛行場であったが、今は設備がととのっていた。疲れて、早くから蚊帳にはいって眠る。久しぶりに、畳の上である。

二十一日

七時半大場鎮（だいじょうちん）飛行場へ行く。東京の自宅に電報を打つ。五時ごろ羽田着を予定していた。ところがエンジン不調で、種々調整をして見たが思わしくない。十時半遂に今日の飛行をあきらめた。東京まで少くとも七時間。午後から飛んだら夜になるし、途中は梅雨期で天候もわるかった。帰宅とり消しの電報を打つ。

海軍武官府に挨拶に行き、南京路の方を歩いて見る。いま上海はひどく物価が高く、三種類の通貨があり、庶民は困っているという。虹口地帯には柄の悪い日本人が無数に居て、奇怪で不潔な街になっているらしい。物資の豊富さは驚くばかりで、日本で欠乏しているものがいくらでも有る。変なことになるものだ。夜、海軍武官に招かれてブロードウェー・マンション十七階の中華料理を御馳走になる。

二十二日

未明から腹痛に苦しみ、朝まで眠れず。これで飛行機に乗れるかと心配する。朝食番茶一杯。小俣機長から薬をもらって飲む。元気を出して出発。九時十五分離陸。

海上は雲低く、機は東シナ海の海面をすれすれに、福岡まで飛んだ。関西地方はやや晴れていて高度三千。日本の陸地を半年ぶりで眺めた。大阪午後三時。瀬戸内上空で、戦艦武蔵、大和かと思われる巨大な軍艦が碇泊しているのを見た。鈴鹿峠からまた雲一杯になり、駿河湾を低く越えたが、箱根は密雲にとざされて全く山の姿が見えない。機は山肌を這うようにして谷を昇っていくが、あきらめて引返し、また別の谷を昇って見るが、これも駄目で、旋回して元へ戻る。杉の梢が翼に触れるかと思われて怕(こわ)い。機長はあきらめて沼津へ引返し、ずっと北へ廻って秩父の方の低い所を辛うじてすり抜けた。翼の下に関東平野が見えて、みんなほっとした。羽田着五時四十分。東京は小雨であった。

出迎えは誰も居ない。誰も知らないのだ。重い荷物を提げて日暮どきの電車に揺られる。梅雨期の寒い日に、電車の中では私ひとりが白い半袖半ズボン、それにヘルメットという気の利かない姿で、恥かしかった。

「徴用日記　私の履歴書」として日本経済新聞一九七八・三・一－三一掲載

サイゴンの紀元節

潮　一九七二・七

昭和十七年二月十一日、紀元節（サイゴンにて）

海路シンガポールへ派遣された朝日新聞記者二名と日本ニュース社員一名が乗った船エッシー号千六百噸は、定員以上の人を乗せボートも救命具も不足で、（やられたら泳いで貰うんですな）と言われながらサイゴンを出たのが七日頃であった。松岡中尉（報道部付）はあまり心細い船なのでライフジャケツを三人に一つずつ贈ったという。この船が遂に襲われた。潜水艦は相手を見くびってずばりと海面に浮き上り、大砲を撃って来た。エッシーは損傷を負いながら辛うじてサイゴンに帰って来るというのである。

夕方六時、ESSI号が付くというので、松岡中尉と同盟通信記者と三人で軍用桟橋へ行ってみた。（木曽川丸という四千五百噸の船も英国の潜水艦攻撃をうけ、左舷に傾いたまま帰港、繋留されていた。）

日の暮れる頃になってESSI号は他の汽船に抱かれるように舷を結びつけられ、曳航されてサイゴン川を溯って来た。この船の被害の模様はすさまじいものであった。

二月八日午前零時半、深夜の海上二百メートルの距離に潜水艦が浮んだ。左舷船首に逆の方向に浮び、すれ違いながら痛烈な砲撃をあびせて来た。第一弾と第二弾は船橋を吹っ飛ばして、そこに居た将兵船長を一斉になぎ倒し、第三弾を以て無電室を撃ち抜き、次に船橋の下のケビンを貫いた。やがて後部デッキに積んであった自動車を撃たれ、ガソリンが引火した。火は忽ち船の後半を炎に包み、敵はこれを目標にして十六弾を浴びせた。一発は梶をこわしたので船は自然に大きな円を描きはじめ、従って敵艦は左舷から右舷にまわって来た。

この頃、船の上での狼狽はすさまじく、元々押収船である為に支那人乗員をそのまま使っていたが、支那人は先を争って海中にとびこみ、三隻のボートを下したが綱を切る術を知らず、ボートは綱に曳かれて忽ち転覆し、ボートにとりすがる人々の姿が燃えさかる火に照されて地獄の有様であった。敵艦は二百メートルの距離からこれを眺めていたという。

このとき敵艦は一発の魚雷を放った。魚雷は赤い光を見せながら水面を走って来た。船上の人々は息をひそめて近づいて来る火を凝視していた。ところが船は梶をこわされ自然に廻転運動をしていたので、魚雷は船尾をすれすれにかすめて行った。潜水艦はいつの間にか沈んでいた。

とも角も船はまだ浮いていたので全員消火作業にかかり、二時間ばかりで火は消えた。エンジンは幸にも動いていた。夜があけるとかすかにプロ・コンドルの島影が見えていた。この島はもとは仏印の罪人を流した島で、今は日本の陸海軍のほんの少数が駐屯している。ESSI号は人力で梶を動かしながらようやくこの島に辿りつき、はじめて消息をサイゴンに伝えることを得た。

人員事故五十余名、死体十四個を積んだまま、自力でサイゴンの河口まで来て、そこから曳航されて来たものであった。

ようやく舷側と桟橋で話が出来る距離まで来ると、桟橋から一人の水兵が船にむかって叫んだ。

「死体は幾つ積んどるか」

「十四です」

別の人がまた叫んだ。

「三井物産の二名は居りますか」

「一人だけ居ります。重傷です」

「もうひとりはどうしました」

「行方不明です。名前は知りませんが……」

上の男は嘱託の通訳が三人とも居ないと言ったあとで、

「それから報道班の人がひとり……」と言った。

「報道班員に事故があったんですか」と松岡中尉が言った。

「はあ、ひとり行方不明です」

「誰だか解りませんか」

「名は知りません。背の高い大きな人です」

「角石だ」と、同盟記者と私とは同時に言った。角石秀夫は日本ニュース映画の社員であった。立派な体格をしたスポーツマンらしい温厚な男であった。その四角張った特徴のある姿がいまもありありと眼に浮んだ。彼が南支那海に沈んでしまったということは信じられない気持であった。

兵隊が協力して桟橋からデッキに厚板をわたした。タラップはロープが焼け切れて使えなかった。梯子ができると負傷者が背負われたり肩につかまったりして降りて来た。重傷者は担架に乗せられて危うく梯子をわたった。そのあとで朝日新聞の吉田と熊崎とがスリッパをはいたままで降りて来た。吉田は右腕いっぱいに繃帯をしていた。熊崎は写真班で、ライカ一つを命のように持っていた。吉田は原稿のはいった図嚢一つを肩にかけていた。

彼等をつれて司令部の応接室へ行き、そこで角石の遺品を見た。「祈武運長久」と書いた日章旗の中に包まれてあるものは、彼が大切に持って来たアイモとライカの二つ。それが焼かれて黒焦げになっているのであった。彼の手帳にはこまかい字で日記がつけてあった。（二月七日サイゴン出発、シンガポールに向う。ＥＳＳＩ号千六百噸。同行朝日熊崎吉田君と三人なり。）そこまでで終っていた。

「このアイモを奥さんが見たら、泣くぞ」と吉田が言った。

その奥さんは三日も前に良人が死んでいることも知らないで、日本時間午後十時半、ひとり平和に眠っていることであろう。やがて死亡通知をうけとった時、そのころ自分がどうしていたかを考えて、泣かずには居られまい。通知は大本営海軍報道部と日本ニュース社とから角石夫人にむかって、明後日あたり発せられることになるだろう。

角石は砲弾で傷つきながら、某中尉とともに船室を出て、よろめきながら右舷に廻ったらしい。そこから先の消息は誰も知らない。ただ彼が出港のとき松岡中尉からもらったライフジャケツが血にまみれて右舷に落ちていた。最後の模様はそれだけしか解らなかった。

「もう何も要らん、何も要らん。命だけあればいいよ」と吉田記者が、呟くような言い方をした。

報道班員旅日記

青春と読書　一九七九・一

「仏印」と言っても若い人には通じないが、現在のインドシナは元は仏領印度支那であった。吾々は略して仏印と言っていた。「ホーチミン市」など言われても私には他人の靴をはいたようで気持がわるい。どうしてもサイゴン市である。昭和十七年の一月に海軍の徴用を受けて、私は報道班員となってサイゴンへ行った。それから半月あまりの後にシンガポールへ軍艦ではいった。日本がシンガポールを占領して十日ぐらいの時である。つまり太平洋戦争がはじまった最初の頃で、今から思えば夢まぼろしのような華やかな時であった。私は報道部長の許可を得て開戦直前のハノイやサイゴンの事情を調査していた。

シンガポール、ジャカルタ、ペナンなどの旅のあとで、五月にまたホーチミン（つまりサイゴン）へ帰った。そして六月、ハノイとその海港であるハイフォンの調査の為に、ハノイへ行くことになった。某日、鞄ひとつの身軽な姿で夕方の汽車に乗った。

知人の忠告に従って私は一等の切符を買った。生れてはじめての一等車である。ところが走り出して見ると忠告の意味がわかった。これはまさに驚くべき汽車であった。一等寝台とは名ばかりで、横になったままで揺れるわ揺れるわ。寝台というのは横になる台であって眠る台ではなかった。旅行の為の参考書を持っていたが、活字を読むことなど断じて不可能であった。少し酒でも飲んだら眠れるかと考えて、ビールを取り寄せて飲んで見たところが、胃の内容物、つまり夕食とビールとがまざりあって、カクテルのシェーカーのように揺すぶられ、胃がすこしも静まってくれない。

そのうえ白い防暑服の膝は、五分も経つと石炭の粉末でざらざらになってしまう。窓を閉めると暑くてたまらないし、窓を開ければ石炭の粒々が頬に痛い。汽車賃を返してもらいたいような一等車であった。三四時間の闘いの後に客は疲労困憊して人事不省に陥ち入る。そして何時間かのちに夜が明ける。私もいろいろな旅行をしたが、あれは(わが最悪の旅)であった。しかもサイゴンからハノイまでは延々二十時間である。

そうやって辿りついたハノイはさすがに古都の風情のある、良い街であった。中心部にプチ・ラックという青く澄んだ湖水があって樹木に包まれ、都心とは思えない情緒があり、少しはなれて総督府(当時のフランス植民地全部の政庁)の立派な建物があった。

日本の大新聞はたいていハノイやサイゴンに支局を開設していた。毎日新聞には宮沢明義という旧知の支局長が居たので、私はまずその支局へ(ころがり込ん)だ。彼は半分裸で飯を食っていた。サイゴンと違ってハノイは戦場が近い。北の支那の戦線から二三日おきに飛行機が来て、空襲警報のサイレンが鳴る。しかし一機だけで、爆弾は落さないから偵察であったらしい。(見るだけなら見せてやろう)と言うので、誰も警戒はしていない。灯火を遮蔽するだけだった。

夜九時頃から宮沢君は、「芸者屋へ飲みに行こう。ハノイには芸者が居るんだ」と言った。この戦争中に、日本の東京大阪でさえも芸者はほとんど営業をしていないという時に、日本軍が半ば占領しているハノイに芸者が居るというから、二人で人力車を連ねて見に行った。街は真暗である。芸者屋というのはいわゆる内芸者で、何人かの芸者をかかえているらしい。まことに風情のない芸者だった。安南人（つまりヴェトナム人）の若い娘たちで、胡弓とか一弦琴のようなものを弾きながら何か歌ってくれて、まずは支那風の芸者であるが、言葉はまるで通じないし、踊って見せる訳でもなし、お色気もなければ愛嬌もない。それを眺めて居たって何と言うこともない。

宮沢君の説明によるとこの芸者屋は、直興飲食の料金を決して客に請求しないという。客がいつ、いくら払ってくれるかは客の（おぼし召し次第）である。その芸者たちは断じて売春行為はしないが、誰かが客と同衾する場合は愛情関係であって、客と芸者ではない。つまり彼女の自由意志である。だからハノイの芸者は自由業であると言う。

私は何だか古い時代の色街というものは、こういうものであったかも知れないという気がした。つまり経済関係にしても愛情関係にしても、せち辛くないし悠々としている。そしておおらかである。やはりこれは安南人の古都の伝統的な美しさであろうかという気がした。それからまた夜更けの街を、日本の人力車と全く同じ人力車に乗って宮沢君の支局へ帰った。帰って間もなく空襲警報が鳴った。

「爆弾を落さないんだから、何のことはない、ひやかしだよ」と支局長は言った。

*

翌日、宮沢君の案内で小牧近江氏を訪問した。今は小牧氏を知る人も少くなったが、大正十年秋田県で、金子洋文等と共に「種蒔く人」を創刊し、後で東京で無産階級文化文芸運動を展開したその道の先駆者であった。昭和十三年からはハノイに渡り、商社に勤めていた。後にハノイの日本文化会館事務局長になり、帰国してからは中央労働学院長、また法政大学教授となった人である。現在八十四歳でなお御健在である。当時はまだ五十前で働きざかりであった。私は二時間ちかくも同席して、日本軍の進駐当時のいろいろな話を聞かせてもらった。小牧氏がその日着ていた白麻の和服が、外国風俗を見馴れた私の眼に、いかにも珍らしかった。

翌日は車でまっすぐに、ハイフォンの港を見に行った。ここはヴェトナムでは一番大きな商港であり、日本軍の進駐とは関係がふかいので、私としては調べて置かなくてはならない場所であった。港には日本の軍用船がたくさん碇泊していた。軍用船はほとんどみな元の綺麗な船体を塗りつぶして、灰黒色の目立たない色になっていた。そのたくさんの船の中で私は全く偶然にも、昔の大阪商船の外国航路を動いていた（ら・ぷらた丸）を見つけた。七千数百屯。あの頃は世界一周航路と言って、神戸を出てからホンコン、サイゴン、シンガポールへ寄り、印度のコロンボ、ケエプタウン、そしてリオ・デ・ジャネイロ、ヴエノスアイレス。それから北上してアメリカの綿花を積みパナマを通りロスを通って横浜へ。

その船は神戸からブラジルまで日本人の移民を運んでいた。一九三〇年の三月から、私は一千人の移民たちと一緒に、このら・ぷらた丸の中で二ケ月を暮した。何とも思い出のふかい船である。今は徴用されて軍用船になっていたから船体はすべて灰色に塗りつぶされてしまって、見るかげもない年老いた姿になっていた。あの日から数えて十二年である。

　私はあまりのなつかしさに、舷側の番人にことわって乗船し、当時（特別三等）と言っていた船室へはいって見た。廊下も階段も昔のままで、当時の移民たちのあの人この人の姿が眼に浮んだが、私の居たベッドのあたりは改造されて、もう解らなくなっていた。もちろん乗組員はみな変っていて一人の知人も居ない。私は旧知の人と別れるようにして船を降りたが、それから後のら・ぷらた丸の消息は知らない。あの戦争の末期に、どこかの海で沈められたことだけは間違いないらしい。

　翌々日であったろうか、私は宮沢君に別れを告げて、またサイゴンまでの汽車に乗った。今度は一等寝台が取れなくて二等席か何かであったが、それだけに往きよりももっと辛かった。二十時間にわたって揺すぶられ続けた為に、サイゴンへ着いた時には胃腸が本当におかしくなっていて、二三日は半病人であった。

　それでも暑いからビールを飲む。ところがサイゴンのビールは腹に悪いという話だった。ヴェトナムが戦争に捲きこまれた為に麦の輸入が止った。ヴェトナムでは麦はできない。そこで米からビールを造っているという話であったが、そのビールは何となく魂が抜けたようなビールであった。そして報道班の新聞記者たちがみんな下痢をしていた。しかしフランス本国から良い葡萄酒が来ないから、みな仕方なしにビールを飲んだ。そして飲みながら文句を言っていた。私もその仲間だった。—五十三年十月—

Ⅱ　作家は直言すべし

伏字作家の弁

読売新聞夕刊　一九三八・九・一八／二一

作家の行く道

先日本紙〔読売新聞夕刊九月八日・十日〕で丹羽文雄は、こうした時代に産れた果報ということをいい、作家としての仕事がうんと沢山に与えられている緊張を感ずると云っていた。羨ましい張り切り方だ。

いかにもこの時代には作家のみが始めて解決し得る様な問題も多いようだ。時代の歩みを見逃さない為には殆んど日夜眼を皿のようにしていなければならない位の時代だ。作家は張り切らなくてはウソだ。

しかしながら、一方では言論の統制があり文学国策なるものがあって作家の観照も解釈もそれを発表するのには首を賭してかからなければならない時代も来つつある。

そして他方ではこういう荒々しい時局の風が吹いて来る。その時局は作家を決してひっそくせしめるものではなくて、うんと緊張させる。戦争ルポルタージュにも野心が出るし、新しい人間性を発見する機会も多くなる。何と云っても戦争は人間の魂の素晴しい燃焼で、文学の対象として野心を感ぜざるを得ない。けれどもその野心が封ぜられているのだ。作家は息をひそめて見物していなくてはならない。筆を失った作家はどうするか？

やはり実行の野心が出て来る。ただこの事態を静観しているだけでは物足りない気がしてくる。これが誘惑だ。

それは観照の高い足場を下りて作家のみの住む高さから降って渦中に没することであり、文学の喪失を意味するかも知れない。しかしながら実際に創作活動をすることの許されない場合にはむしろ文学を喪失して事変の渦中に没する方がよくはないかとも思える。観照の足場の高さにいては探り得ない当事者の事情がある。その当事者になってしまう方がよくはないか。そして文学活動の許される時代が来てから元の高さに返って観照を働かしても決して遅くない。のみならずより完全な観照の正確さと深さとが得られると思うのだ。

むしろ筆をすてて戦場へ。僕はその誘惑をしきりに感ずる。作家として不純なのかも知れない。しかしまた、作家として純粋すぎるよりはむしろ不純なままに大きくありたいとも思うのだ。

渦中に体験を

近頃は何を書こうとしてもすぐに政治につき当ると広津和郎氏は云われた。作家たち評論家たちにとっては目下伏字との戦いだ。

しかし、伏字は何も物を書く人たちばかりの話ではない。世はいまやあげて伏字時代であるのだ。

事変に関する新聞記事はまるまるに続くまるまるで事変写真の説明などは「○○方面に進む

○○軍」では何のことかさっぱり分らない。そしてこの伏字が今は一種凄愴な感じを与えて一つの効果をさえもたらして来た。

わからないことは気にかかる。気にかかるというのは一つの魅力だ。

小説の中の伏字は巧にさける事も出来る。それを敢て伏字を書くのは作者の魂の心至(し)な燃焼が政治に衝突した場合のことだ。

そして現代の社会にあっては、その必死な国家の燃焼が、この伏字につき当っているのだとも考えられる。さけ難き社会の伏字だ。

これは昔流の「知らしむべからず倚らしむべし」とは大分違う。昔のそれは政治機構の自衛手段であり、現代のそれは国防上の自衛手段である。

こういう事情のもとにあって、作家はただ観照の眼(まなこ)を光らせて居れという説、実際に事変に参加することを望む必要はないという説を僕はとらない。それは作家人種の横着さと自己弁護に過ぎない。機会があったら僕は従軍記者にでもなって戦いの終りまで見て来たい。静観はいつだってできる。渦中に入らずして静観しろというのは逃げて居れというに近い。本当の静観は渦中にくぐって始めて明々皎々たり得る。勿論戦線ばかりが戦争ではない。東京だって時局の色は見られる。だが東京で見られる時局の色は、民衆感情のからまわりだ。（二百廿日記）

私的な立場から

新潮　一九四二・一二

開戦以来の満一年が、私にとっては実に早く過ぎてしまった。この正月、南方への出発を目前にひかえて元旦をむかえ、いつの年とも変らない平和な東京の姿をむしろ不思議に思ったものだった。今もまた同じ感懐がよみがえる。開戦の日、私は東京が盛に爆撃されることを予想し、銃後が銃後でなくて銃をとらなければならぬことをも想定した。いま再びあの十二月八日の自分を思いおこし、こうして書斎に坐って居る自分の変らない姿に却って愕く。

従軍の機会を得たのはいいことだった。外国人に接し、その贅れる姿、敗戦の姿を見、東亜諸民族の生活にふれて、改めて日本を考えることもできたし、改めて世界の在り方を考える機会ともなった。私たちの時代に育った者の一つの大きな欠点として、自分と妻との位置の関係、自分と子供との位置の関係がひどく乱れて居たと思う。即ち妻子に対して確信ある態度がとれなかった。私たちの育った時代は、日本の伝統から離れて新しい生活を築こうとした時だったが、今になって考えて見ると、古きものを棄て、これに代る新しき何ものをも摑んではいなかった。思想的には何かを得ていたように自負して居りながら、実際の生活面ではその自負が甚だ怪しいものだった。それ故に日常的な妻子に対する自分の立場がまるで成って居なかったのだ。そしてこの日常的な生活の形というものが、実は根本のものであるのだ。私は今になってはじめて自分の家庭がいかに在るべきかという方針を確立し得たと思う。これが従軍から家庭への土産であった。そしてこの事は日本という国の国民生活を批判する私の基準となるものである。私は今更のように単なる思想というものの力弱さを感ずる。海の水から金が取れるということはわかっているが、その説がいかに正しくとも直接に人生に寄与する何ものもない、思想とはそういう性質のものである。この思想が実生活に消化され信念にまでならないうちは常に警戒を怠ってはならないものだと思う。そういう眼から私は改めて日本の社会を眺め、日本の歴史の恐ろしさに打たれる。

半歳の従軍ののち、私は書斎にこもって居る。文芸にたずさわってこの時代に遭遇した者として、必らずなさねばならぬ仕事を一つだけしようと思う。一つだけでいいから全身を打ちこんで仕上げたいと思っている。その一つが終ったら次の一つにとりかかればいい。

時代ははげしい嵐の中にある。私の兄が出征し弟も出征した。従弟は戦死し妹婿も出征している。そして他の弟は南方の事業会社にたずさわって最近蘭印へ出発した。老父はこういう家族の動き廻るなかに黙々として坐っている。私は日本の家族制度というものについて何かしきりに考えている。いま一つ、私は自分の仕事のうえでユートピヤを描きたいと思う。人間感情の肌理(きめ)が荒れてとげとげしくなったこの時代に、美しい希望に充ちたユートピヤ物語を寄与したいとしきりに願っている。今や、最後まで勝ちつづけるための最大の条件は内地だ。内地の生活をこの緊張のままで更に美しく明るいものにしなければならない。その為に私はユートピヤを書きたいと望んでいるのである。

作家は直言すべし

文学報国　一九四四・八・一

作家はもはや自分の一切を失った。ただ残っているのは作家の人格のみである。文学に執着する心をすて去るべき時である。まだ残っている寥々たる雑誌や新聞の文芸欄への執筆を心懸けるのも愚劣であり、他の形式、即ち放送文芸や壁小説などで生活と名声とを維持しようと考えることも見すぼらしい努力に過ぎない。書き卸し小説で生活を立てようとする考え方もまた、取締りの警官の目をくぐって野菜の買出しをやるような悲しい努力ではなかろうか。

端的にいうならば日本の文化当局は吾々に小説を要求しては居ないのだというもあまりに失当ではあるまい。勿論小説はその盛衰はあろうとも決して断絶する時なく書かれ出版されて行くであろう。しかし目下の日本の状態は小説という文化的行動に関心を払っては居られない。小説は最小限度に存続せしめればそれでいいのである。これが現実の状態である。

吾々は僅かに残された文学活動のささやかな範囲に執着して居るべき時ではない。もはや作家は自己の人格以外の一切を失った。名声もない、発表機関もない、生活の形式もない。失うべきもの一切を失って、いま吾々は裸である。私はこの裸形（らぎょう）に期待する。今こそ、作家が真に作家たるべき時である。吾々が十年二十年たたき上げて来た筈の人間修業が、いまここで役に立たないならば、吾々はみずから作家たる事を称してはなるまいと思う。

吾々は地位もなく勲等もない一切を失った後に吾々が有するものは却って最大限に自由活動の範囲である。吾々はどこで如何なる働きをする事も自由である。大臣大将にむかって駑馬（どば）を加えることもできれば一工員となって油にまみれることもできる。吾々の地位はエレベーターのようにあらゆる階級にむかって扉を開いているのである。他の階級は各々その横の階級をもっていて縦の自由を束縛されている。この特殊な地位を活用することを私は期待するのである。

一工員となり一農民となって生産に黙々と挺身する事も宜い。しかし私は『元作家』という地位を利用し、昇降機である立場を利用してあらゆる階級にむかって開かれた扉口を最大限に活用したい。作家は過去において語らざる人種であった。訥弁（とつべん）の人格を善しと見る風があった。今はこれではならぬと思う。作家は大いに論ずべし、大いに雄弁なるべしと思う。吾々が有する青年的な情熱と正義観とをもって、あらゆる隘路（あいろ）を突破する努力をなすべき時であろうと思う。

現下国内の最大難関は民衆の道義心の底下である。その原因は配給の不備であり言論の不自由であり、又は政治当局の菲才無力であり、或は国内宣伝の拙劣である。ここに私は作家が働くべき大きな分野を見るのである。一切を失った作家は、右の如き隘路にむかって挺身して行ける筈である。当局者にむかって直言し得る立場をもつのである。もはや一切を失って更に失うべき何物をもたぬ吾々は何ものをも恐れることなくこのような行動に出ることができる。いわば島を守る守備兵が一切を失って最後の突撃を敢行するそれにも似た決意と行動とが有ってよいと思うのである。

経済生活をどうするか、と問うかも知れない。経済的責任に束縛され妻子に束縛されては真に自由な活動は不可能である。一朝敗北の時あらば、当然失わるべき経済であり家庭であるならば、今日みずからこの束縛を断って他日の喜びに期待すべきではないか。

この拙文を以って矯激なりという人があるならば、彼は今日の危機を真に知らざる者であると私は答えるのみである。

言論を活発に

毎日新聞　一九四四・七・一四

興亡の岐路に立つ今日、国民の戦意必ずしも高揚していない事について、当局はしばしば嘆声をもらしているようである。国民の戦意は最大限度まで高揚されなくてはならないが、高揚せざる原因は何であるかを究明しなくては成果は上がらない。その原因の一つは、日常生活の不自由である事は明瞭であるが他の重要なる原因の一つに言論の萎微沈滞をあげなくてはならない。ことに知識階級の戦意不振、道義心低下の原因はそこにあると考えられる。

いうまでもなく言論の統制は必要である。しかし統制とは抑圧ではない。統制とはある方向を与えて、その方面に向かって活発化することでなくてはならない。今日、言論統制はその方法を誤り、もしくは厳に失して言論抑圧の傾向を生じてはいないか。思想対策または防諜対策が厳しきに過ぎて、正しき目的を持つ言論までもその言葉じりをとらえられ、その言い回しを責められて正当な発表を抑圧されている傾向はないであろうか。

言論を抑圧すれば民衆は反抗し反抗を弾圧すれば民心は沈滞する。今日、言論関係における人心の沈滞は寒心に耐えざるものがある。この沈滞こそは、銃後の戦意高揚せざる大きな原因である。抑圧された言論は流言となり、飛語となる。明朗性を失った陰の言論は、思想の根を蝕む。

ここに言う正しき言論とは、決して当局に阿諛する言論をいうのではない。今日、指導者の一部は民衆の批判を許さない。ここに大いなる暗さが生ずる。海軍報道部長、栗原大佐は私に語っていわく「今日最も純粋なる者は裁判官であろう。なんとなれば彼らは常に弁護士によって厳しき批判を受けているからだ」と。私はこの言葉をそのまま当局にさし上げてご参考に供したい。

当局は民衆の戦意高揚を要望しているが、戦意高揚すれば言論は相関的に活発となり、当局はその批判を受けなくてはならない。批判を抑圧して戦意は高揚しない。この矛盾を当局は考えてもらいたい。いまのままでは、民衆の戦意は高揚の道をふさがれているのである。当局者は英断をもってみずから敢然として民衆の批判を甘受すべきである。戦況不利の場合、当局はきびしい批判を受けなくてはならない。しかし、それは戦争の衝に当たれる者として当然受くべき批判であって、これを回避してはならない。戦いが有利なる反撃に転じたとき、民衆が歓呼して称賛するのもまた同じ当局であるのだ。

言論を活発にするという政策はその根本において当局者の責任を回避せざる決意と、さらに国民に対する信頼がなくては実行されない。国民に対する当局者の信頼は甚だ心細い。私はあえて言う、国民を信頼せずして何の総力戦ぞやである。国民は信頼するに足り、また信頼されなくてはならぬ。彼らは十分に時局を認識し、各自の任務を承知している。この準備ありながら燃え上がる熱意が発生しない、いわゆる戦意が高揚しないのは決して民衆の罪ではない。当局者の対民衆政策の失敗であると言うほかはないのだ。

まず言論を活発化して民衆に声を与えよ。彼らの言論は決して事態を混乱に導くものではなく、当局に反抗するものでもあり得ない。しかも民衆の言論は相互に是正しあって、必ずや今日の道義心の低下を救い、国民総決起に資するところ少なからざるを信ずるのである。もはや時は一刻を争う。当局者の英断と急速なる処置とを希望してやまぬ次第である。

言論暢達の道

文藝春秋　一九四四・九

言論というものは現実の社会より一歩先へ進んでいることによって言論としての価値を有する。然らば言論を指導する当局は一般言論よりも更に一歩先へ進んで居なくてはならない筈である。ところが過去に於ける実状は指導当局が一般言論よりも、あるいは社会の現実よりも更に一歩立ち遅れて居た観がありはしなかったか。

言論の危険さは、現状を論じて将来を憂え、将来を論じて現状を憂うる、すなわち現実社会より一歩先を考えているところにある。故に言論の取締りと指導とは戦時に於て特に必要である。指導の目標は国論の統一と強化とである。戦意昂揚も一億総蹶起（けっき）も、かくの如き国論統一と強化とによって結果されるものであって、戦意昂揚をいかに宣伝して見ても言論が萎縮して居ては単なる宣伝に終ってしまう。

今日まで国論統一のために、戦意昂揚のために、宣伝された標語は如何に多種多様であったか。しかもこれらの宣伝が単なる宣伝に終ってはいなかったか。

言論は生きものだ。平和な時代ならば指導当局が言論のうしろからついて歩いてもいいかも知れないが、緊迫した戦時に在っては、当局は絶対に一般言論より一歩先に居なければならぬ。

平坦な道を行く時は馬車曳きも馬の後からついて行くが、嶮路にさしかかると馬子は鼻づらを取って馬より前を進む。ところが過去に於ける言論指導当局の何人がこの社会の現状より一歩先を考え、一般言論よりも更に一歩先を歩いて居たであろうか。

立ち遅れた指導者が先に進んでいる言論を取締り指導しようとするとしたら、これより大いなる誤りはない。指揮官が先頭に立って歩けば部隊に迷いも不安もない。指揮官が後方から号令して右だ左だと叫んでいては先頭は迷うに違いない。

うしろから指導するというやり方は必ず枝葉末節に流れる。語句の末に拘泥して真に戦意を昂揚すべき文章の生命を蝕む。そうなると、何れの言論も形式的愛国論に流れ小心翼々たる陳腐なものとなってしまう。

先頃転任した情報局の某氏は私に語って曰く「吾々は決して言論圧迫などはしない。むしろ国家の要望する線に沿うて大いに活発にやって貰いたいと言って来たが、新聞雑誌が不必要に臆測して自分から萎縮した観がある」と。

併し言論機関というものの性格は拋って置けば先走って始末に困るものである。それが自ら萎縮するというのには何かしら大きな原因があるということを、当局は考えなくてはならぬ。

幸いにして此度、情報局には緒方〔竹虎。元朝日新聞主筆〕新総裁が就任せられ、言論界はこの一つの人事だけでも少しく愁眉を開いた。更に陸海軍大臣が輿論（よろん）の明朗化を閣議に提出して重大国策の一つとしたことは、かくあるべき事を待望していた吾々としては賛成というよりも寧ろ有難かった。

輿論明朗化が具体的にはどのように実行されるかは未だ示されては居ないが、とにかく、輿論が表面に出ないで低迷するようなことがあってはならない。この輿論を明るみに出し、国民感情を日向に持ち出すことができれば戦意昂揚はおのずから成ると思う。新内閣は勿論この点を知悉して国民信頼の恢復を実現されることと思う。

言論に於てもかかる明朗化が必要である。言論界明朗化のための私見を述べるならば、第一、言論指導当局に其の人を得ること。即ち真に指導力を持った人物をその衝（しょう）に当らしむること。第二、言論指導の態度を明確ならしむること。態度がきまって、始めて言論統制の具体的方針が立てられる。方針は抽象的な標語でなく、具体的な方針として明示されなくてはならぬ。第三、取締りが字句の末節に拘泥する場合は、真に憂国の大言論は世に現われないであろう。要するに言論指導は指導当局の腹の据った確信から出発した不動の方針でなくてはならぬ。朝令暮改的指導は混乱を生じ萎縮を招くのみである。方針のみが有って態度がないようではいけない。態度がきまらなければ方針はいつもぐらつくものである。

一般の言論機関及び言論を発表する個人側に於ても、今日までのところ或いはみずから清算し切れぬ感情があったり、立ち迷う気配も無くはなかった。しかし今や何人と雖（いえど）もその方針態度は明確であり言論機関の歩むべき道も確定している。言論と言論機関とは今や最も俊英なる憂国者をもって充たされている筈である。かかる状勢を助長し、言論を活発化してこそ真の戦意昂揚は成り、真の総力戦態勢はととのえられるのである。この国民を信頼せよ。

小磯〔國昭〕首相は大和一致という。国民を信頼せずして何の大和ぞやである。言論指導者の根本的態度は民間言論を信ずることでなくてはならぬ。

従来とかく先ず弊害を考えるのが取締りの根本方針であった。ここから先ず改められなくてはならぬ。時はまさに未曾有の非常時である。一二の弊害を顧慮して八の効用を沒するが如き取締りや指導は問題である。

言論機関をして縦横に活動せしむべし。些少の弊害は問うべからず。総力戦に何程有数であったかを先ず問題にすべきである。言論機関としてはかかる信頼にこたえるべく、抱懐する所の信念と経綸とを十分に論じ尽すべきである。

緒方情報局総裁は就任に当って曰く「平素発表していた自分の抱負をこれから実現するつもりである、それを為さなければ平素嘘をついていたことになる」と。この言や誠に良し。

ただ民間出身の総裁のもとに在る多数の諸氏が、総裁の抱負を歪め又は実行困難ならしむるが如きことなきよう衷心から祈りたい。情報局は困難を背負う言論指導の府である。各員その重責を虚しうせざらん事を切望して已まぬ。

Ⅲ　あの日の腹立たしさ

海軍報道部

文藝春秋　一九四六・二

陸海軍が私たち国民の信頼を裏切った――と簡単に言うが、裏切られた方にも罪があったかも知れない。一体私たちの信頼とは何を根據にしたものであったのだろう。軍の装備であったろうか、軍人の人格であったろうか、それとも軍部の宣伝であったろうか。その全部かも知れない。と同時に、漠然たる軍人精神とか大和魂とか、そういうものであったかも知れない。召集をうければ私たちもまた軍人にならなければならない。その当然収容されるべき場所に対してはやはり信頼をもちたい、そんな風な人情の弱さでさえもあったのではなかろうか。今になって私は国民の軍に対する信頼の根據がよくわからないのである。

戦争の大きな事実を結果からのみ見ることには危険があるが、日本の軍部はそのように国民の空虚な信頼を足場にして、必勝の信念という空疎な思想に據り、八紘一宇の夢想に駆られて戦争の中に突入して行ったのではなかったろうか。そしてそのような不確実性から来る不健康な態度を最もよく現わしていたものの一つが海軍報道部ではなかったかと私は思う。

海軍報道部はほとんど一貫して戦場を知らぬ将校たちによって運営されていた。「緒戦の赫々たる勝利」も報道部が手を下したものではないが、しかもその勝利の名誉の一部分を自分たちの手に横取りして居た。ここには空虚な必勝宣伝と空虚な軍人の「信念」とが氾濫していた。いわゆる思想戦の面に直接触れて、しかも軍部の思想的貧困さを露出していたと考えられる。思想的貧困さは実戦部隊にあってはあまり眼につかないが、報道部という部署につき新聞雑誌映画演劇放送を指導するということになると、その無為と無能とを暴露せざるを得なかった。しかも昭和十二年夏から二十年夏まで九年にわたる指導宣伝をやって来たのはめくら蛇に怖ずと云うべきか、己を知らざるの最も甚だしいものであった。そしてそのように軍部の指導を甘んじて言論機関が受けなければならなかった当局の圧迫の力は、まさに暗黒時代と評するにふさわしいものである。

最後の報道部長栗原大佐は誠実なまじめな軍人であった。しかしながらその思想的貧困さは掩うべくもなかった。

「戦争というものはね君、敗けたと言った方が敗けなんだ。敗けたと言わなければいくらやられても敗けにはならんのだよ」

この論理を私は正しく理解することができない。理解しようとすると一種の錯乱を感ずるのであるが、栗原大佐は終始一貫してかかる「信念」の上に立っていた。そしてこのような信念によって社会を指導するというのである。

軍部は、いつの間にか軍人万能の思想乃至自負に溺れていた。政治も経済も文化も思想も、一切を支配し指導するものが軍人でなければならぬと信じていた。そして一層悪いことには社会もまたそれを承認していたではないか。学校は校長に退役軍人を招き、以て文教の権を軍人に委ねた。市区町村の自治団体はその長に退役将校を就任せしめて自治の権能をゆだねた。営利会社は退役将官を社長にして経済運営の権をゆだねた。翼壮〔大政翼賛会の外郭団体である大日本翼賛壮年団〕その他の団体は軍人を団長その他の要職に据えて国民運動の権能をゆだねた。そのような国民の迎合と阿諛が軍部万能の気持をどれだけ助長させたであろうか。そしてそのような悪弊が、海軍報道部の性格を形づくる一つの要素になっていたのは争えない事実である。

報道部の課員室にはいつも七八人の将校が居た。この部屋には一人の文官も嘱託もデスクを持っては居なかった。文官や嘱託は他の部屋をあてがわれ、外様の扱いをうけて居り、そのいずれの部署にも担当将校がついていた。課員室はそれら将校たちの「宣伝参謀本部」であった。そして極言するならば報道宣伝について意見をもって居る者は一人も居なかった。僅に高瀬大佐に多少の経験があり松岡大尉に多少のセンスを認めるだけである。

私は栗原大佐にむかって直言したことがある。

「報道部は軍人を濫用している。軍人は部長一人だけで沢山だ。其の他は文官だけでできることであり、民間には報道宣伝の人材がいくらでも居るではないか」と。大佐は、

「よくわかる、君の言うことはよくわかるが中々むずかしくってね……」というような言葉でもって逃げてしまった。

海軍省詰新聞記者クラブ黒潮会の記者たち、新聞検閲を担当している嘱託の人たちは、報道部の将校を非国民扱いにして罵倒していた。軍人は戦争さえして居ればいいんだ、という言葉で非難していた。しかし彼等も外部に対しては報道部将校として写真入りで談話を発表される「時代の花形」であったのだ。

海軍報道部内の「軍紀風紀」を紊したものはジャアナリズムにも責任がある。その端緒を造ったものは「詩人将校」松嶋慶三中佐ではなかったろうか。彼は報道部に在って小唄流行歌をつくり、三流雑誌やレコード会社が彼を利用して饗応と阿諛をおくった。

報道部将校たちを腐敗堕落せしめるためにいかに多くの新聞社雑誌社映画会社等々が動いたことであろうか。海軍報道部の面会室は、利権を求め利益を提供しようとするこれらの人々でにぎわい、一種の取引所の観を見せては居なかったろうか。昭和十七八年ごろ、巷間では「待合料亭の床柱を背負って坐っているのは軍人に非ずんば官吏である」と言われたものであるが、報道部の将校が毎夜のように床柱を背負って坐った時代がたしかにあった。平出大佐時代に最もはげしかった。栗原大佐が着任してから彼は、「私的な会合の為に待合料亭には絶対に行かない」と宣言し、それを実行した。彼はそれを部下の将校にも求めていた。しかし親の心子しらず、彼は部下の行動を束縛し得るほどに強力な部長ではなかった。

海軍の戦争の事については軍令部が絶対的権力をもっていた。そして軍令部は極度に秘密主義である。従って大本営発表は事毎に軍令部に制肘された。報道部は事実上発表の権能は乏しかった。ただ発表文案をつくるのと放送するぐらいの職務しか与えられては居なかったのである。報道部課長平出大佐の世間的人気は彼が単なるアナウンサーとして民衆の前に登場したことによって与えられたにすぎない。今一つは彼の社交性であろう。

大本営発表はやはり官庁流に十数個の認印を捺したあとでなくては発表されなかった。戦況の発表は一刻を争い、相手方より一分でも早く確実な報道を世界に放送する必要がある。それは常識だ。しかし日本の大本営発表はそういう急速な処置をとることが殆んど不可能であった。発表の文案については報道宣伝の才能の乏しい将校たちが鳩首協議して造ったようである。緒戦のころは大本営発表にも権威があり信頼があった。戦況不利になってから、辻褄を合わせようとする発表文の小策が次第に民衆の信頼を失い、敗北を転進と称し苦戦を敢闘と表現する言葉の嘘に国民の反感が芽生えてきた。そこで報道部将校の思想的貧困さははたと行き詰った。大本営発表が信頼を失うということは、帝国陸海軍が国民の信用を失うということに他ならない。その巨大な罪が、空虚なる言葉の嘘、表現の嘘に起因していることが彼等には理解されなかったのである。真実を報道せよ、真相を発表せよという民衆の声が巷にあふれているとき、栗原報道部長はある会合の席でこう言った。

「吾々はできる限りの真相を発表しているではないか。これ以上の真相は作戦上の機密だからね、たとえば道を歩く女に裸で歩けと要求するようなもので、やはりかくさなければならぬ所もある。それ以外は全部発表して居るんだ。一体これ以上何を発表せよと云うのかね」

この逆襲は相互の立場の根本的な喰い違いを示していた。国民は敗北を「敗北」という言葉で、絶望を「絶望」という言葉で表現してもらいたかった。報道部は常に事実を裏面から報道した。真相に直面することは彼等自身が耐えられなかったのかも知れない。

東京の大新聞と同盟と放送局から二名ずつ幹部の出席を求め、報道宣伝について報道部将校との間に水交社で懇談会をひらいた事があった。その席で朝日新聞の某氏から痛烈な批評が加えられた。サイパン西方の海戦で大戦果をあげたが「敵に致命的打撃を与うるに至らず」と大本営から発表された事についてであった。

「あれは発表の見出しの順序が違うと思う。大戦果は問題ではない、致命的打撃を与え得なかったというのはサイパン救援が絶望になったという事で、これこそ重大なのだ。ところが大本営は戦果の方を大きく扱っている。この戦果主義には報道の嘘偽がある」と。

栗原部長、高瀬大佐は答える術を知らなかった。

これは一つの実例である。そしてそのような報道の嘘偽は戦局が悪くなればなるほどはげしくなった。聯合艦隊の存在が疑われ、巷には流言蜚語が充満した。流言のもとを造ったものは大本営発表の嘘偽であり、そして流言を語った民衆だけが憲兵隊に捕えられた。

これは彼等の怠惰と無能とを弁明する以外の何ものでもない。戦況の悪いときに宣伝は不要であり、戦況の良い時にも宣伝は不要である。要するに宣伝とは不要なものであるという結論がここに出てくる。それが彼等報道部将校に共通な考え方であった。しかも彼等が対敵宣伝を行い国内宣伝を指導するのである。

端的に言うならば海軍報道部は終始一貫して何等の宣伝をも行っては居なかったのである。ただ心にもなき空疎な言葉をしゃべって居たに過ぎず、それで以て自分等の責任を果したと思っていたのである。

そのようにして報道部の宣伝は次第に国民から遊離してしまい、民心を摑もうとする焦燥がもたらしたものは、宣伝の抽象化、精神化、神秘化であった。国体の神秘を宣伝し一億特攻化を論じ神州不滅を放送する形となり、ますます民衆の生活からかけはなれてしまった。

前〔第一次〕大戦における英国クルーハウスの宣伝が、ローマ法王庁と英国の妥協に成功し、世界の海底電線を掌握し、何千万枚の宣伝ビラやパンフレットを投下して行った、あの政治と作戦と外交とを引っくるめての強力さに比して、日本の宣伝の何というおそ末さであったろうか。国内宣伝は直接に政治と歩調を合わせ、対外宣伝は直接に作戦と結びついてこその効果が得られる。そんな事は宣伝の一年生的常識であろう。しかも報道部将校のうちの一人としてそれに努力しているものはなかった。

極言するならば日本の破滅は、宣伝能力のなかったために自滅したものとも言い得るかも知れない。宣伝とは何か。宣伝とは政治の一部分であり、あるいは政治そのものでさえもあるのだ。宣伝に思想的根據がないということは、政治そのものに思想的根據がないことであるのだ。

日本の国内宣伝は官庁と言わず軍部と云わず、すべて民衆を知らず国民を「相手とせず」であった。自分勝手の宣伝をやっておきながら国民を引きずろうとする暴力的なものであった。二十年の春ごろ機会あって陸軍報道部長松村秀逸少将に会った。その時私は、このままで行けば国内に暴動の起る危険を感ずるが、陸軍宣伝当局としてはどのような対策を考えているかと訊ねた。松村少将の曰く、

「古今東西の歴史の示すところによれば、暴動に対して最も有効適切なものは機関銃である」と。彼は、国民をすらも敵とする考えをもっていた。この、戦いに飢え疲れた国民をすらも！　軍の

宣伝もまたこれと同じように、国民と共に歩むものではなくて国民を拘束し統率せんとするものであった。それで、統率し得ると信じていたところに彼等の深いふかい過誤があったことを、今日もなお気がついているかどうか。

サイパンを失った頃から、海軍報道部内の弛緩が私たち外部の者の眼にもはっきりとわかるようになった。帝国海軍に対する信頼を最初に失ったのは、国民よりもまず報道部自身ではなかったろうか。報道部は前線の戦果を横取りしてその人望を築き上げていた。自分には何の手柄もない単なるアナウンサーでありながら、戦果の名誉の分け前をとっていた。前線の戦況が悪化すると、報道部は世間の人気を支え切れなくなって行った。そこに海軍に対する失望と精神的な弛緩とがはじまった。

「聯合艦隊なんていうものは無くなってしまったんだからね、仕様がないではないですか」

濱田中佐はデスクの上にウイスキーのコップをのせ、昼間から赤い顔になってそう言った。そして映画検閲のための試写室では五年も六年も前の恋愛映画、長谷川一夫と山田五十鈴などというものを昼間から見物していた。部員室ががらあきになっているので、どこに居るのかと思うと報道部将校が四五人もそろって、午後一時二時というのに山田五十鈴のエロテシズムを鑑賞しているのであった。来客も検閲も一切の用事がそのあいだには停頓していたのである。試写室には女子事務員も五六人まじって、将校たちが女子事務員をからかいながら見物しているのであった。

高瀬大佐は眉をひそめて戦況の将来を心配していたが、その言うことはいつも同じようにAの横暴であった。Aや陸軍Bは海軍の陰語である。

「Bの方からいくら飛行機を廻してくれるように交渉してもAがよこさないんだ。今は君先ず何よりも飛行機だからね、Aの方が少しこっちへ廻してくれればもっと良い戦争ができるんだよ。今はAは飛行機がなくてもやれるんだからねえ」

AとBとの反目が、なぜそれほどに執拗であったのか、私には解らない。高島米峰（べいほう）氏〔宗教家・評論家〕が情報局の会合の席で放言したことがある。

「軍民一致などと言うが、そんな事ではない。軍軍一致だ！　軍と軍とが一致すればいいんだ」

と。

そのような軍軍の不一致もまた報道部を弛緩させる一つの原因ではあっただろう。昨日海軍の発表が大きく新聞に出れば、今日は陸軍が何かしら大きな事件をこしらえて新聞に出す。その次の日はまた海軍である。新聞の大見出しを陸海軍報道部が日毎に争っているのであった。

もしも二日つづけて海軍の大きな記事が新聞のトップに出されると、陸軍が強い叱言を喰わせるという事も何度かあった。何のための争い、何のための軍軍不一致であっただろう。そして陸軍と海軍との宣伝の方針が一致せず、陸軍が本土決戦を宣伝すれば海軍は沖縄を最後の決戦と称した。

そういう歩調の乱れが国民を混乱させ信頼を失わしむる理由にもなった。そういう宣伝の失敗が更に報道部を弛緩させたということも事実であったろう。

報道部の将校たちは夕方になると背広服に着かえて宴会に行った。宴会は私的なもの、雑誌社出版社映画会社の招待が多かった。彼等は宣伝パンフレットや単行本をよく出版した。時流に乗ってかなりの売行きもあったであろうが、彼等の著書を出したという縁故によって更に新しい利得を得ようとする出版社の計算であった。現役将校は大臣の許可なくして著書を出版することはできない。従って平出大佐以下の著書はみな「著」という文字を付せず、或は「述」という字を付して海軍の規則をのがれ、印税かせぎをやって居たものであった。

海軍省は十九年夏ごろから尨大な地下防空壕を造った。地上には半円筒形のバトンで堅めた大きな壕も造った。

地下壕は三層になり一階は軍令部作戦室とかその他の重要部分、二階は高級将校の避難所、地表に近いところは尉官嘱託の避難所であった。空襲警報が出てサイレンが鳴ると地上の建物に居る事を許さず、全員避難して何時間でもかくれていた。

新聞社も会社も仕事をつづけているのに、海軍省は空襲警報と共に一切の機能を停止して壕の中でビスケットを配給したりして遊んでいた。

昼食には何千人に対して三十銭ぐらいで白いパンの食事を給し、明らかに二重配給をやり幽霊人口数千人をかかえていた。私は憤慨して毎日新聞に投書しこの事を公表した。すると海軍省はその日から、米一升を持参せば昼食一ヶ月を給する事に改めた。

巷には疎開さわぎと飢餓と恐怖とが迫っているのに、海軍省内は閑々として外国のように長閑(のどか)であった。むしろ嘱託の連中などは次第に仕事も減って手持無沙汰になっていた。

国内に対する報道宣伝の中心的部署がそのように弛緩して、有効な仕事の出来る筈もなかった。

あの日の腹立たしさ――敗戦の日の私

小説現代　一九六五・八

家族は長野に疎開して居た。焼け出された兄夫婦が私の家に来ていた。日本がポツダム宣言を受諾したことを、私は三日ぐらい前から知っていた。やれやれという気持だった。

七月末から私は毎日新聞に（成瀬南平の行状）という小説の連載をはじめていた。連載がはじまると同時に、情報局の検閲で原稿はずたずたに削除され、まるで連載にならず、一週間に三四回しか新聞に載らなかった。あげくの果てに或る朝、二人の刑事に寝込みを襲われ、警視庁に連行された。名目は思想調査ということであった。取調べの途中で隣の情報局に呼ばれ、そちらでも取調べを受け、終るとまた警視庁に連れ戻された。取調べはまる二日に及んだ。思想調査とは、今日の常識から言えば、それ自体が人権蹂躙であるが、その当時は抵抗する術もなかった。すでに警視庁の裏庭では、米軍の占領に備えて、書類を焼き捨てる煙が終日立ちのぼっていた。

八月十五日は、正午に（玉音放送）があると知らされていた。その時刻、私は廊下の柱にもたれて放送を聞いた。放送の文章を誰が書いたか知らないが、要するに美辞麗句であった。その事が私は不満だった。あれほどの苦難と絶望とを国民に与えた果てに、こんな美辞麗句で事が済むとは思えなかった。それまでの日本はすべて美辞麗句の国であった。大本営発表もそうだった。

全滅を玉砕と言い、敗退を転進と言いのがれしていた。すべて一種の嘘であり、民衆への偽瞞であった。玉音放送の文章もまた難解で荘重な語句を用いることによって、民衆を納得させようとする偽瞞を含んでいた。……放送の終った直後、前の下宿屋の若いおかみさんが泣き込んで来た。（女はみんな唐人お吉にされるんだそうですわ）と彼女は言った。私は声に出して笑った。

あの時の経緯（いきさつ）――『生きている兵隊』

本の手帖　一九六五・八

昭和十二年の十二月はじめ、中央公論の編集記者松下英麿君の訪問を受けた。用件は、中国の戦線に従軍して見る気はないか、ということであった。私は即座に承諾し、具体的な相談にはいった。

その頃、日本軍は上海から揚子江添いに西下して、南京に迫りつつあった。従軍の手続きその他に時間がかかって、私が東京をはなれたのは十二月二十五日頃、南京入城の直後であった。指定された船は神戸から出航することになっていた。港へ行ってみると古い二千噸ぐらいの船が待っていた。三重県の出身の少尉中尉が五人同船していた。この人たちは前線で戦死した将校たちの補充として派遣される途中であった。(「五人の補充将校」と題する私の短篇小説はこの人たちとの二週間にわたる旅行から取材したものである。)

この軍用船は門司や長崎に立ち寄り、結局東支那海で十三年の元旦を迎えた。私も軍人たちと一緒に甲板にならんで東方を遥拝し国歌を斉唱した。

上海では民間の宿屋にとまった。ここには北九州からひともうけを企てて渡って来た商人たちがうようよしていた。私は大陸には何の手がかりも無かったので、補充将校にさそわれるままに、彼等と共に南京へ行くことにした。汽車は上海南京間をまる一昼夜以上もかかった。その時の寒さは骨身に沁みるようだった。途中の駅で、火を焚いている兵隊から貰った一杯の白湯のあたたかさが、この世の物とも思われないほど貴重であり有難かった。(八寒地獄)という言葉があるが、寒さの辛さを私はあの時に知った。

三重県の部隊は南京市政府を占領して、そこに駐屯していた。私はひとりの下士官と若い通訳との部屋に同居させてもらった。煙突に穴があいていて石炭のけむりが室内にながれ、忽ち私は喉をやられてしまった。

南京は死の街だった。野犬と野良猫とが屍体をあさってうろついていた。夜になると誰も居ない家から火が出て、二三軒が燃えた。その火事を、誰も見物する人が居なかった。消す人も居なかった。火事は勝手に燃えて勝手に消えた。見物人の居ない火事は不気味で物凄いものだった。荒れ果てた戦場のあとに、朧梅の花だけがかすかに匂うていた。

一月二十八日帰京。疲労と妻の病気とで、二日間は仕事ができなかった。一月三十一日から修善寺の新井旅館に閉じこもり、一週間のあいだは一日じゅう書き続けた。一日の速度三十枚だった。二月七日帰宅。原稿百五十枚を中央公論社に渡しておき、その続きを書き続けた。二月十一日未明、ようやく脱稿。すぐに中央公論社に届けた。十一日間に三百三十枚を書き終って、私は極度に疲労していた。〔「中央公論」昭和十三年三月号に掲載〕

二月十七日夜、松下英麿、佐藤観次郎の二人の記者と、築地で祝杯をあげ、深更帰宅。二月十八日朝中央公論誌は中味を郵便局で抜き取られ、封筒だけ配達された。電話をかけてみると、発売禁止になったということであった。私はすぐ社長嶋中雄作氏を社に訪ね、詫びを言った。そして稿料を辞退した。

それから一週間ばかりたって、二人の特高刑事が早朝に私の家に来訪し、私を警視庁につれて行った。公判は五月か六月だった。私は多分、強情な被告であったろうと思う。

社会主義と軍国主義

週刊読売　一九七六・三・一〇

（古き良き明治）と言う言葉が有るが、古き昭和も良き時代であったかどうか。五十年前の記録を探して見ると様々な思いが有る。

昭和のはじめの日本は社会主義運動の勃興期であった。非合法の共産主義者が地下運動を繰り返し、（主義者）の逮捕が相次いた。社会主義を主張する雑誌類が次々と創刊された。社会主義的な政党も動き出し、労働運動がさかんになった。そしてそれに歩調をそろえて日本の軍国主義化が進んで行った。私は昭和のはじめ早大の学生であったが、現役の将校（少佐中佐クラス）がいわゆる配属将校として大学や高校に配属され、軍事教練を指導した。実弾射撃の訓練なども行なわれた。

そのようにして私たちの年代の者は、軍国主義と社会主義運動と、二つの流れに揉まれながらあの時代を生きて来た。あの頃の状勢から考えると将来の日本は共産国家にもなりそうな様子であったが、結局日本の共産化は成功しなかった。それは軍国主義の力が強かった為であるかもしれないが、周知のように共産主義者は内部分裂が激しくて、まとまった勢力を育て得ないという特色が有る。その為であったかもしれない。十二年以降の戦争とそれに伴う言論弾圧も作用していたように思われる。
「全国学生軍事教育反対同盟」が結成されたのが大正十三年の暮の十一月。東京放送局が設立されたのも同じ十一月であった。そして放送局がJOAKとしてラジオ放送を開始したのが十四年の三月であるが、その直前の一月に警視庁は軍事教育反対の学生運動を禁止している。街にはまだ（枯れすゝき）の歌が流れ、大正末期のニヒリズム的な風潮も残っていたようである。東京の街にはぽつぽつダンスホールが出来て居り、（幻の影を慕いて）などという歌が流行していた。頽廃ムードと軍国主義ムードとが一緒に流れて居た。

　川端康成氏の「伊豆の踊子」が大正十五年、学生の社会科学研究会が岡田文部大臣によって禁止され、神宮球場が完成、「円本」と称する文学全集が刊行されたのも同年であった。そして藤原義江氏が「出船の港」や「鉾（ほこ）をおさめて」を歌ったのも此の年であった。蔣介石が北伐革命軍を起したのも、トロツキーが追放されたのも同年であった。中国も動揺しソ連も動揺していた。そして日本は関東軍を中心にして満洲への野心を伸ばし、日華事変への下ごしらえを急いでいた。それと共に言論弾圧、思想弾圧も次第に厳しくなり、特高警察と憲兵隊とが強力になって行った。

　昭和二年三月、全日本農民組合結成、「岩波文庫」が刊行を開始した。そして二年七月芥川龍之介氏自殺。九月に徳富蘆花氏死去。八月には野球の実況放送がラジオで実施された。その九月に宝塚の歌劇「モン・パリ」が上演されている。それから十二月に上野と浅草の間にはじめて地下鉄が走った。

　この様に一方では日本の物資文明が日に月に進んでいたが、その一方では昭和元年の一年間の統計として、小作争議二千七百十三件、関係小作人十五万一千余人と言う数字が発表されて居る。社会主義的な思想がどのように広がって居たかを察する事ができる。小作人と言う虐待され搾取されていた人々が、人権主張に立ち上った時期でもあった。安部磯雄、大山郁夫などが労農運動のリーダーであった。

昭和三年三月共産党の大検挙、労農党再建準備会に解散命令。八月に（全国反戦同盟）が結成されているが、満洲では日本軍の謀略によって張作霖が列車と共に爆死している。帝国陸軍は何かしきりにあせって居た。そして無理を繰り返していた。

五年四月鐘紡スト。九月東洋モスリンスト。十一月富士紡川崎工場スト。この年労働争議九百一件、参加人員七万九千。そして一方では（酋長の娘）とか（祇園小唄）とか言う退廃的な歌が巷に流れていた。労働運動が激化しながら失業者は増加し、街には頽廃ムードが流れていた半面で、軍部はほとんど政府を操って無理押しを繰り返し、それが遂に昭和七年の五・一五事件となる。軍の気に入らない政治家を敢て暗殺する迠（まで）に至っている。

軍の志向するものと文化界の志向するものとは全く二つに岐（わか）れていた。文化界には社会主義的ムードが次第に強く、資本主義批判が盛になっていた。反戦運動も強くなり、当局の弾圧も続けられていた。

このような昭和初期と昭和五十六七年の現在とを比べて見て、必らず気が付くものは何であろうか。私は当時一人の貧乏学生に過ぎなかったが、貧乏学生が下宿住居をしながら、何とか煙草も喫い風呂屋へも行き、飯も食っていた。学生街の食堂へ行けば朝飯十銭（一円の十分ノ一）で、丼飯とみそ汁と生卵と焼き海苔との旨い食事が出来た。

その頃の食堂の飯には何の危険も無かった。防腐剤着色剤等々の添加物は無かったし、危険な薬品も無かった。サリドマイド児も居なかったしミナマタ病も無かった。身体障害児童などと言う話もほとんど聞いた事が無かった。火力水力の発電所は有ったが原子力発電所は無かった。もちろん原爆も有るはずが無かった。危険な廃棄物の海洋投棄も無かった。現在の庶民生活はありとあらゆる危険物によって攻め立てられている。そのうえ食べる物がみな不味くなってしまった。鶏が旨くない、卵が旨くない、冷凍の魚が旨くない、野菜が旨くない。

五十年前の昭和初期と比べて、日本の庶民は仕合せになっているだろうか。物資は豊富であるけれども、人間たちは安心して生きて居るだろうか。疑問は多々ある。日本の文明は良い方へ進んで居るのだろうか、悪い方に向って居るのだろうか。これは政治家などに委せて置けない程の大問題である。現在の吾々の問題であり、吾々の子孫の問題である。

文明と戦争

小説新潮　一九七九・一

私が生れたのは日露戦争の末期である。それから日独戦争（青島戦争）を経てシベリヤ出兵、満洲事変、日華事変、太平洋戦争と、四十年のあいだに沢山の戦争にぶつかった。いまヴェトナムが戦争をしている。対米戦争の時期から続いて、もう二十年も戦争をしているらしい。産業は荒廃し庶民の生活は破壊され難民は無数に居るというのに、ヴェトナムは戦争をやめない。相手国のカムボジヤも国内荒廃を極めているらしい。

アフリカではエチオピヤが隣国と戦っている。内戦と外戦とが入り交って、われわれ外国人にはよく解らないような事情があるらしい。解決の見通しはまだ無い。それからエジプトとイスラエル。この戦争はいま何とか解決の道を見出せるらしい。しかし中東はヨルダンその他、まだ多くの危険な問題を孕んでいる。それからイランとその周辺が危険な状態にある。

戦争とは何か。……政治家でもないし文明史家でもない私が戦争の問題を分析したからといって、格別何の役にも立つまいとは思うが、（戦争は政治の延長）だというような理窟では、問題は解決しない。もともと戦争とはなぐりあいであり殺しあいである。なぐるという事はもとより問題を解決する方法でなくて、相手の抵抗を封じ相手を黙らせる為の方法にすぎない。負けた方が泣き寝入りになり勝った方が自分の言い分を通すという丈の事である。古い諺に（無理が通れば道理引っこむ）というのがあった。敗けた側に道理があっても勝った側が無理を押し通すというのが戦争である。

日米戦争で日本は大敗したが、では日本が悪かったかと言うとそうも言えない。東京裁判は勝者の一方的な理窟で敗者を裁いたのだから、どちらが正しかったかという事とは問題が別である。日本には日本の言い分があったし、その言い分がまちがっていたとも言い切れない。アメリカにはアメリカの言い分があったに違いないが、その言い分はアメリカの利害打算で、日本の方は生き残る為の必死の要求……であったかも知れない。すくなくともアメリカは自分だけで自給自足できる国であり、日本はそれができない国であった。そして日本は敗北し、台湾朝鮮樺太千島を失って一層貧しい国になった。そこで奮起して生産力を上げ円高になりドル安になったら、今度はアメリカは産物を沢山買って輸出入のバランスを考えろと強硬に迫って来た。これも一種の戦争ではないだろうか。経済戦争にも勝者敗者があり、敗者は倒産するのだ。そして敗者の方が悪いとも言い切れない。

要するに武力戦争というものはＡＢ両者の要求が相反し、その相反する要求を調整することができなくなったとき、平和的な調整を中止して相手側を叩きのめして了おうということである。夫婦喧嘩の結着がつかなくなったとき亭主が女房をぶんなぐるのと同じである。それは相手を黙らせる手段であって、解決ではない。従って敗北した側は沈黙するだけであって、恨みは残る。一時的には解決したように見えるが決して本当の解決にはならない。夫婦喧嘩ならばその時から女房のサボタージュがはじまり、亭主側は着物を買ってやったりして徐々に妥協を考えなくてはならない。戦勝国アメリカが敗戦国日本に食糧や衣料を贈り物心両面からいろいろと気を使ったのは、離縁してしまうことのできなかった亭主の妥協策に似ていた。

つまり戦争という暴力行為の後には勝った国がまた別の、文明的方法によって相手国を懐柔する手段を講じなくてはならない。それくらいならば暴力的戦争以前に、もっと相互に妥協して、幾分はお互いに損をしながら何とかすればよさそうなものであるが、それがなかなかできない。できないというのがつまり国内輿論の強硬派が妥協を許さないからではないかと思う。強硬派というものはいわゆる愛国者であって、自分の国の利害だけしか考えない。日本の場合には（万世一系の皇室をいただき）（建国以来外国のあなどりを受けたことがない……）のだから、（恥を知れ）ということになってしまう。敗けてしまってから（相互依存）だとか、（平和共存）だとか言ってももう遅い。それくらいならばなぜもっと早く平和共存的な考え方をしなかったのかと言いたい。つまり問題は愛国者たちの（心の驕り）であろうか。謙虚になれないということであろうか。

文明とは相手の立場を知り、相手の要求をも理解し、譲歩するということであるかも知れない。何百万人の民衆を死なせてから後に悟ったのでは、遅い。（英霊よ安かれ）などというのは、愚者の言葉ではないだろうか。―五十三年十一月―

私の経済史

波　一九七八・一一

昔の文士は霞を喰って生きていた。一面に於て大変に仕合せなことであったろうと思うが、霞ばかりではカロリーが不足したに違いない。だから当時の文学作品も営養の不足したような作品が多い。同じ時代でも牛肉やバターを食べていたロシヤ人フランス人イタリー人の作品に比べて、日本の文士の作品は血の気も足りないし脂気も足りなかった。明治以後になってからも言文一致がどうのこうの、私小説がどうのこうの、自然主義心理主義がどうのこうの、せいぜい大奮発したところで新感覚派の技巧的な作品程度のことであった。

霞を喰って書いていたのは、何も霞の味が好きだった訳ではない。文士というものの経済的な生活基盤が未完成不確実であったから、自分の作品の経済的価値について、文士自身が何の自覚も持たなかった。だから当時の出版社と文士との関係は、大部分が原稿買取り制度であって、出版された著書について印税という契約方法を取らなかった。だから出版社が大いにもうけても文士は霞ばかりを喰っていた。明治から大正中期まではみんなそうだった。

さて、私の経済史、つまり最も小さな個人単位の経済史をふり返って見よう。その個人単位の経済史の中にも国家の経済史が明らかな影を落している。私が小学校を卒業して中学校に入学したころ、大正七年八年頃、私は親兄弟をひっくるめて、大変貧乏であった。つまり第一次大戦後のインフレで、米の値段が三倍半から四倍になった。父の月給がインフレに追いつくまでの間、私はまだ文士ではなかったが米と霞とを半々に食べていた。これは両親の罪でもないし私の罪でもなかった。

大学時代以後の貧乏生活は自己の責任であった。つまり半分は贅沢な貧乏であった。だから誰をも怨むつもりはない。要するに一文にもならない原稿を書きながら何とか生きて行こうというのだから、巧く行かないのは当然のことだった。それからあと幸運にめぐり会った。つまりまじめに原稿を書けば何とか生活できて、妻子をも養って行けるようなことになった。

しかし、好事魔多し、日本が戦争をはじめてしまった。しかもそれが何と、八年つづいた。つまり私の三十二歳から四十歳まで続いた。新聞雑誌は統制され、文士の職場は十分ノ一に減じ、しかもきびしい思想統制だった。私は一種の愛国者であったから、あの苦難の時期を立派に耐え忍んだ。けれどもその間に私の貴重な青春は終り、係累の多い中年を迎えていた。そしてその次には物凄いインフレが来た。三四十銭のめざし鰯が、数日のうちに十円となり二十円となった。妻子の生活安定の為に貯えた私の小さな(富)は、三ヶ月のうちに消し飛んでしまった。私の罪ではない。

私に罪はなかったけれども、誰も保障してくれるわけではない。だから私は再び第一歩から踏み出さなければならなかった。けれども人生万事塞翁が馬、私にとって大変に幸なことが一つ有った。即ち私が再起のために立ち上る必要があった時、私はまだ四十一、二歳の、いわば働きざかりであった。もしも私がその時六十以上であったとすれば再起は大変に困難であったに違いない。私には有難いことにまだ若さが残っていた。だから若さにまかせて存分にはたらいた。そして仕合せな事にはインフレで失った蓄積をも取りもどすことができたし、健康でもあった。

けれども再び人生万事塞翁が馬、私が健康で存分に仕事をしていた間に、私の若さは失なわれ、気がついた時にはもう老境にはいっていた。今の若い作家たちはアメリカにアフリカに、好きな所へ旅行して広い知識を身につけている。半年も一年も外国に住んで国際人としての知識も教養も存分に得られる。私の四十四五歳の頃は外国旅行が大変に困難であった。日本のドル不足の為に外国旅行に必要なドルを出してもらえなかった。今になってドルはいくらでも出すと言われても、もう間に合わない。つまり私にとって経済的なゆとりができた時には、そのゆとりを、生活の幅をひろげ、新しい経験を加え、取材のため、または見聞をひろげ、識見をたしかめる為の外国旅行に必要な体力が、不足していた。それでもインドへ行きエヂプトへ行きユーゴーやオーストラリーへ行き、ソ連、蒙古、中国を廻り、また韓国や台湾へも行った。それが私にとっては体力的な限界であった。

つまり私の経済的なゆとりと体力的な可能性とは、いつもちぐはぐになっていた。若いときには貧しく、経済的なゆとりができた時は仕事の方が忙しく、仕事にもゆとりが付いた時にはもう老いが来ていた。今からでは京都大阪へ旅行するのも億劫さが先に立つ。あるいは自分の健康状態と相談しなくてはならない。医者の忠告を聞く必要もある。血圧は高いし動脈は硬化しているし脈搏は乱れている。仕事の能力は、四十前には一日三十枚を書いた。三百三十枚の作品を十一日間で書いた。今は一日平均三枚書くのが大体の目やすであるが、それでも普通の停年退職から十七八年も超過しているのだから、良い方だと思わなくてはならない。

四十五六までは相当に大酒したが、今は良い酒があっても一合以内、ビール一本以内。少しも酔わないが、それ以上は慾しない。旨いものが有ってもわざわざ食べに行きたいとは思わない。眼の前に出されたものを食べているだけであり、美人を見ても殆んど心は動かない。聖人君子には程遠いが、慾望はすくなくなった。慾のふかいうちはまだ寿命があるというから、私の寿命はもう残りすくなくなったらしい。

私は物慾は少い方で、自分の為の買い物をほとんどしたことがない。どうしても自分で買わなくてはならないのは靴である。靴だけは自分で店に行って足に合わせなくてはならない。この七月八月九月は自分のポケット・マネーの消費はほとんどゼロに近かった。飛行機はくたびれる。温泉は情味が乏しくなった。汽車は混雑している。小さい庭で草花でもいじっているより仕方がない。それでもまだ、最後に一つだけ書きおろし長篇小説を書こうと思っている。意地のわるい小説を書いて見るつもりである。書かなければ暮らせない訳ではないが、いわば劫(ごう)であろうか。

Ⅳ　自由社会の行き詰り

「良すぎて困る」憲法

朝日新聞　一九六二・五・二

憲法記念日がまたやって来た。ずいぶんあれこれと論議された憲法だが、私は立派な憲法だと思っている。外国の憲法は知らないけれども、こんなに立派な民主的憲法はどこの国にもないのではないかと想像する。私は、これほどの理想的憲法を創造したという点において、マッカーサーを尊敬する。国家の利害得失は世界事情の変化に伴っていろいろに変るものだから、時にはこの憲法では日本に都合の悪い場合も生じ得るだろう。しかしそうした一時的な利害を越えて、純粋に理論的に考えて、民主国家の理想像をこれほど明確に記した憲法は他にあるまいと私は思う。

改憲論を唱える人も少なくない。しかし私が理解する限りにおいては改憲論の根拠というのは、現行憲法が（良すぎて困る）から改定しようという意見のようである。つまり少しばかり改悪した方が都合がいいから、世界の実情や日本の実情に合うように改悪しようという考え方である。要するに、現状の悪いところは容易に改革できそうにもないから、憲法の方を曲げて行こうというのである。あるいはまた、あまりにも民主主義に徹していて、支配者が権力を振りまわすのに都合が悪いから、改悪しようという説のようである。

すでに少しずつ改悪された部分もある。第十五条には（公務員を選定し罷免することは国民固有の権利）だと書いてあるが、東京の区長は区議による選任制になっているし〔一九四七年に一度公選制となったものの、一九五二－七四年は選任制となっていた〕、全国の教育委員も任命制になっている。しかし案外だれも気がついてはいない。つまり、本気で憲法を守ろうという気持をもった人は、国民のなかにもまことに少ないのだろうと私は思う。

現行憲法が良すぎて困るということは、私にも解る。しかし、だからといってこれを改悪することには賛成できない。やれないまでも、できるだけこの理想的憲法を実行しようと、われわれも為政者も、努力して行くのが当然だろうと思う。憲法は国家の理想だ。出来ないからと言って、理想を下げてはならない。

この憲法のなかで、読むたびに胸を打たれるような思いのする一句がある。それは第十二条だ。（この憲法が国民に保障する自由及び権利は、国民の不断の努力によって、これを保持しなければならない）

この一句は、法律というよりは勧告であり、忠告であり、深い祈りをこめて国民に期待している言葉である。これこそ、明治憲法のように、為政者が国民に与えた文章ではなくて、人民の立場に立って、人民の安全と幸福とを神に祈っているような言葉である。そして、私たちが安保条約改定に反対したのも、政防法制定に反対したのも〔政治的暴力行為防止法案。一九六二年五月廃案〕、この条文に記された（不断の努力によって）われわれの自由と権利とを保持しようとした行為ではなかったろうか。

憲法は、それがどんなに立派な、理想的なものであっても、憲法があるからと言って安心していてはならない。その憲法がいつ、どんな風に新解釈を下されたり、ゆがめられたり、改悪されだ。

たりするか解らない。為政者にとっては民主的憲法というものは、必ず邪魔くさい物であるに違いないのだ。そんなものは無い方が、政治をやるのには具合がいい。しかしそれでは人民の方はたまったものではない。だから、人民を、為政者の横暴から守ろうというのが民主憲法であるのだ。

現行憲法はしたがって、民衆のものであって政府のものではない。政府は何とかしてもっと楽な憲法に改定したがるのが当然であり、民衆は（それでは困る）と政府に抵抗するのが当然である。政府は独裁的な憲法をつくりたがるし、人民は民主的憲法をまもりたがるのが当りまえである。そこに政府と人民との力関係が生ずる。

為政者も、真に民主的な政治家であれば、民主主義憲法を懸命になって守るだろう。しかしまだ日本の政治家は、そこまで民主的に訓練されてはいないようだ。従って、その時が来るまでは、民衆の自覚と努力とによって、現在の理想的民主憲法を何とかして保持して行かなくてはならない。そこで期待されるのは、民衆ひとりひとりの理解と、自覚と、努力、ということになる。どんな立派な憲法も、それを支えて行くものは、われわれ民衆にほかならない。—四月の末日—

〝文化人〟の統一行動・その他

世界　一九五九・一

――日本の進歩的な知識人の大部分は常に反政府的であった。私自身もまた、反政府的であった。しかし知識人と政府とが叛きあっているような社会に、どんな進歩発展があるだろうか。これは極めて重大な問題である。

――日本では小さな自由にこだわって……為すところなき保守党政府の老朽政治家に、今日もなお国政をゆだねるような醜態をさらしている。……政治の貧困であると同時に、政治に背を向けて小さな自由だけを求めている知識人文化人の責任でもある。彼等の要求する自由が逃避的自由であって、建設的自由でないからだと私は思う。〝何々〟からの自由であって、〝何々〟への自由でないからだと思う。孤立的な自由であって行動的な自由でないからだと思う。

――文化人知識人の意志が結集され、それが行動的になって来れば、日本の運命は変るだろう。どんな風にでも変えることが出来る。日々に退歩しつつある政界を革新することも……不可能ではないと私は思う。

今になって私は、二年あまり前に書いたこれらの所感を思い出さずには居られない。この文章を発表した当時、私はいろいろな作家評論家から〝袋叩き〟といっていいほどの悪評をうけたものだった。共産主義一辺倒だとか、全体主義だとか、統制を要望するものだとかいわれた。私は孤立無援沈黙して時の経過を待つことにした。

不幸なめぐり合わせで、その知識人文化人が、みずからの意志によって結集し、行動によって自由を守らなければならない時が来た。それは、政治の圧力がそこまで追い迫って来たからだ。文化人の自由が、個々の力では守り切れないほど圧迫されそうな時に立ち到ったからだ。彼等はようやく、その〝重い腰〟をあげた。ちょっとだけ上げた。

映画人、演劇人、作家、大学教授、弁護士、評論家……そういう人たちのプラカードを持った静かな行進は、六本木から新橋まで、一時間半もつづいた。日本文化史はじまって以来の珍事件であった。叫ぶ者もなく歌う者もない。通行人がときおり、小さな拍手を送った。交通整理の巡査は極めて叮重だった。〝警察官職務執行法改正案〟が、こういう事態をひきおこすであろうことを、保守党政府は夢にも考えていなかったに違いない〔一九五八年十月、岸信介内閣が提出。その後、廃案となった〕。しかし、日本の文化人にもこういうデモ行進がやれるのだということに一番愕いたのは、文化人自身であったかもしれない。

こういう〝デモ行進〟を、苦々しく思っていた文化人も多勢いたに違いない。それが解っていたから、文芸家協会もペンクラブも、〝有志〟だけが参加したという体裁になっていた。参加しなかった有志の人もあるが、はじめから〝無志〟の人も居たわけだ。

武者小路実篤氏は「政治問題だから自分は関与しない」という態度をあきらかにした。古風な誇りだ。そういう誇りが今も通用すると思っているところが、前時代的自由主義者の頑冥さである。こういう人種は案外すくなくない。しかも十何年まえにはリベラリズムの闘士だった人たち、いまもその頃の名誉だけは、保っている人たち。それがいつの間にか、最も保守的な意見を固執している文化人になってしまった。おそろしい事だ。彼等の古き名誉は、再評価されなくてはならない。

「警職法には反対だ。しかし作家や文化人は堂々とふさわしい形式で意志表示をすべきだ。デモ行進なんかやることはない」こういう意見の人もあった。

〝彼等にふさわしい形式〟をとるべきか。多少ふさわしくはないけれども（最も有効な形式）をとるべきか。ここにも問題はある。

文化人の家が火事になりかけたとき、文化人にふさわしい消火手段を考える必要があるだろうか。一番手近にある水をかける以外に、どんな有効な方法があるだろうか。消防署に電話をかけて、自分は拱手傍観するだけで、事が済むだろうか。

（あたかもこの時、パステルナークのノーベル賞事件がおこった。ソ連が民主主義国家でなかったからあんな事件がおこった。日本の文化人にとっては他山の石。自由をまもるために吾々が何をしなくてはならないかを、強く反省させてくれる事件だった。）

日本の現在の憲法を、私は素晴しいものだと思う。私は殊に、前文から始まって第四十条までを、すべての知識人にもう一度読んでもらいたいと思う。占領軍の命令によって作った憲法だとか、自主的憲法ではないから改正した方がいいとか、けちをつける人もある。多分憲法を読んだことのない人がそんな事をいうのであろう。私にとっては、襟を正して読むべき大文章であると思う。

――憲法第十二条――この憲法が国民に保証する自由及び権利は、国民の不断の努力によって、これを保持しなければならない……

私はこの条文を読んで大変にうれしくなった。民主主義に対するまことに誠実な懇切な条文である。そして、私たちがいま、警職法に反対していること自体が、〝これを保持〟するための〝不断の努力〟であると思った。この条文の文章は、決して〝占領軍のさしがね〟などで書ける文章ではない。国民の幸福と平和とに対する深い祈りが罩められている。

〝良心の自由〟はもとより必要である。殊に文化人といわれる人々にとって、良心の自由はこれを確保しなくてはなるまい。しかしその事と、多数が集って同一行動をとることは、必らずしも矛盾するものではない。

「小異をすてて大同につく」という言葉がある。小異にこだわって大同につくことの出来ない人間は、孤立的なけち臭い文化人だ。それは、文化人以上の何ものでもない。

(ドクトル・ジバゴを書いたパステルナークは、それが作家的良心による鋭い批判であるが故に、ノーベル賞に推薦された。しかしソ連邦作家同盟その他の圧迫をうけ、賞を辞退し、同盟から除名されて、その処置に屈服していることには、作家的良心の活動が見られない。妥協しなければ命を全うすることができない時には、それも已むを得ないだろう。作家的良心というものは、時として邪魔なものだ。しかし、筆禍は宿命のようにつきまとう。）

警職法反対のデモ行進に参加した数百人の〝文化人〟は、その行進を終って解散したとき、行進の前とすこしも変らない個人々々であった。彼等の良心の自由はいささかも傷つけられては居らず、妥協的でもなかったと思う。これは当然のことであるが、一度は反省して見てもいい事である。

統一行動をすることが、個人の自由と相容れないもののように考えて、行動を拒否することは、間違いだと私は思う。いたずらに行動的である必要はない。〝バスに乗り遅れないため〟に行動に参加することは、卑劣である。文化人の統一行動は、どこまでも自由意志による参加、良心にしたがっての参加でなくてはならない。自由意志による不参加も、承認しなくてはなるまい。ここで問題は、〝自由意志〟をどう考えるかというところに戻ってくる。

個人の自由なる意志は、絶対なるもの、不可侵のものではない。自由意志を甘やかしてはならない。自由意志は常にみずから批判し再検討を加えるべきものである。自由意志とは勝手気ままなる意志ではない。敗戦以来、この言葉が尊重されすぎて、甘やかされ濫用されている傾向がある。

敗戦記念日に思う

毎日新聞夕刊　一九六二・八・一四

今となっては、ただひとことで「悪夢のような、あの戦争と敗戦……」といってしまうけれども、それは七年もつづいた長い悪夢だった。何よりも悪かったことは、正しい要求も、正しい抗議も、いれられない時代であったことだ。むしろ正しい要求や抗議が処罰される時代であった。それを処罰した人たちは、非常時という理由で、その処罰を正当化し、自己の責任を考えようとしなかった。生活物資の窮乏や、国家社会に対する義務の加重よりも、いちばん私たちを絶望させたことは、正当な要求が処罰されるという、この事態であった。

今、日本人の社会生活はともかくも安定しており、ともかくも平和である。しかしこれがどの程度の平和であり安定であるかは、検討してみる必要がある。われわれが経験した十七年まえの悪夢が、決して再現しないと保証しうるほどに、平和であり、安定しているかどうか。正しい人民の要求が再び処罰されるような事態が、絶対に再現しないかどうか。

こういう私の危惧は、一度いたい目にあった人間の憶病さであるかもしれない。社会は常に変動するものであり、変動することが常態であるのだから、再びあの悪夢にめぐり会うことがあったとしても、それが当然だという大胆な考え方もあるかもしれない。平和な時には平和を楽しみ、戦いが起こったらその事態のなかで生き抜いていくのだといえば、それもまた達観した生き方であるといえるかもしれない。

しかし私はむしろそういうふうに、自分のための努力を否定したような生活態度に一つの疑問を感ずるのだ。ちかごろの日本人は何かしら非常に享楽的になっている。堅実に個人生活を築いていこうという努力をすてて、今日の一日を楽しく暮らそうという考え方が世間を風靡している。一日々々を楽しく暮らすということにも種々な暮らし方がある。現在の日本人の享楽の仕方は、建設的ではなくて消耗的であり、自分の生活を築き、安定させ、豊かにするものではなくて、消費し、破壊し、衰弱させるような享楽が多いように思う。それはそれ自体が絶望の一種ではないかと私には疑われるのである。

かつて、自由が多すぎるかどうかという議論があったが、私は今でも日本には自由が多すぎると思っている。自由が多すぎるというい方は誤解を生じやすいが、要するに重要でない、どうでもいいような小さな自由を最大限に要求する人が多くて、基本的な、最も重要な自由が確保されていないことを見忘れているのではないかと思うのである。些末な自由と根本的な自由とを、しっかり区別して、ぜひとも要求しなくてはならぬものを、命をかけても要求しようという努力がなされていないように思うのだ。

十七、八年前の「悪夢」は、その根本的な原因の一つとして言論弾圧があった。それは明治中期から始まる長い長い弾圧の歴史だった。それと歩調を合わせての軍国主義宣伝があった。あの戦争が起こるまでに、私は四、五十年にわたる準備期間があったと考える。その間にほとんど大部分の人民の、戦争や国家や社会や個人についての価値判断が狂わせられた。敗戦後の今日になってもまだ、その価値判断の狂いから抜け出すことのできない（軍国主義者）が無数に残っている。

もしも日本人に、本当の言論自由が確保されていたとすれば、あのような戦争は起こらなかったに違いない。たとい戦争は起こっても、あのような悲惨なかたちにはならなかったであろうという気がする。

あの当時にも、言論の自由は国会内で保証されていた。その、国会内の言論の自由を放棄したものは、戦争中の国会議員たちであった。翼賛政治会などという自殺的な組織に参加した代議士たちであった。

いま、国会内の言論は、必ずしも自由ではない。ある者は財界の制肘を受け、ある者は労組の制肘を受ける。民間の最大の言論機関である新聞にしても、政府の意向に動かされたり金融機関や広告主の意向に動かされたりする場合もなくはない。真の言論の自由はどこにあるのか。残念ながらそこまで純粋な自由はまだ確保されてはいない。そして、もしも今後の日本に何か事が起こった場合、何にもまして人民が頼みとするところのものは、言論の自由である。それさえ確かに人民の手に残されておれば、われわれには主張し抗議する手段が残っていることになるのだ。これを失えば、人民は一切のものを失い、そしてあの「悪夢」は再現する。私はいま、敗戦十七年目の日を迎えて、改めてわれわれの言論の自由を、非常の事態が生じてもなお確保しうるような方法はないものかと、しきりに思うのである。——八月十日——

沖縄短見

朝日新聞夕刊　一九六五・三・一〇／一一

わずか六日間で、沖縄本島と石垣島とを見てきた。一度沖縄へ行って見たいと思ってから、二十何年も経っている。戦前の様子を知らないので、現在と比較する訳には行かないが、那覇市やコザ市が近代都市の姿をもっていたのはむしろ意外だった。それだけ沖縄本島は開発され、（発展）していた。発展の原動力となったものは駐留米軍であるらしい。

米軍の基地になった事は複雑な意味をもっている。内地で考えるような単純なものではない。基地であることが島の住民の経済生活と微妙に結びつく。那覇市の人口は戦前六万人。現在は二十三万人。中部の基地の町コザ市は戦前の人口八千人。現在は五万余人という。この事実を見忘れて（米軍即時撤退）などを叫んでみても無意味だ。基地労働者だけでも五万人居るという。何等かの意味で米軍と強く結びついた者が経済的にゆたかになるのではないだろうか。

ベトナムの動乱がはげしくなってから、軍人の外出制限が強くなり、それだけ街がさびれているという。従って街の人たちが平和を望むことの意味は、われわれが内地で平和を望むのとは内容が違っているところもある。完全に平和になれば、米軍は撤退する。それでは困る人もある。中途半端な平和を望むという複雑な事情も有るのだ。北部の名護の町は米軍人との関係が浅いためか、町の姿は貧しくて、むしろ古い沖縄の姿がそのまま残っているように思われた。

ベトナムの危機が沖縄の人たちにどう響いているか。私のような短い旅行者には解らないが、ベトナム問題は間接的な影響であろうと思う。間接的になるだけに、その影響には質的な変化もあるらしい。米軍が感じる危機は生命的な危機であり、直接戦争の危機である。沖縄が感じる危機は米軍という緩衝物を経て間接に伝わって来る。米軍人の外出が少なくなり、街がさびれるという経済的な不安感が先に立つ。戦火が沖縄に及ぶかも知れないという不安はもっと遠い。

ときおり街の大通りを重戦車や砲車や軍用トラックが列をなして行く。あれはベトナム行きだと街の人たちは言う。そして、アメリカも気の毒だねとつぶやく。緊張しているのは米軍だけだ。港も飛行場も忙しそうであった。

しかし沖縄人のうちの七割までは基地米軍とほとんど関係のない日常を過ごしているようであった。私自身、本島で過ごした四泊五日の間に、米国人を街で見かけた数は五十人を越えない。みやげ物屋、さかり場の店々、基地労働者以外の人々にとって、米軍はあまり関係がないようであった。

戦後沖縄に駐留した米軍司令部は、沖縄島民の代表者にむかって、沖縄の旗をつくることや、沖縄の伝統的な文化を高めることや、要するに沖縄を本土から切りはなして行くような方策を勧告したことがあったと言う。その目的は、沖縄を独立国として盛り立てることによって、完全な米国の支配下に置くことを考えていたのだ。そのとき島民の代表者たちは断固として米軍の勧告を拒否し、日本復帰を要求する強い態度を示した。そのころの日本政府が、沖縄の人たちの要望にこたえるような外交政策をとっていたかどうか、私は詳しくは知らない。

沖縄からは衆議院議員も参議院議員も選出されてはいない。つまり九十万の沖縄民衆の代弁者は国会にひとりも出て居ないのだ。日本の国会議員選挙は沖縄列島内では行われていない。しかし議員を国会に送る方法はたった一つ有った。それは参議院全国区選挙に沖縄人が立候補し、その人を本土にいる日本人（沖縄人の本土在住者を含む……）が選出することである。

この前の参議院選挙に沖縄県人代表がひとり立候補した。しかし十万票あまりしか取れなくて落選した。私たち本土に住む日本人、沖縄のあの巨大な悲劇について責任を感ずるほどの日本人は、せめてひとりの沖縄人代表者を国会に送る義務が有りはしないだろうか。

しかし実を言うと私自身、この前の参院選挙のとき、沖縄人が立候補した事を知らなかった。この次には是非、一人の代表者を国会に送るようにしたいものだと思う。しかし聞くところによると今度は二人の候補者が立つらしいと言う。票は二つに割れ、二人とも落選するようなことになりはしないか。私はひそかにそれを憂えている。

沖縄の法律は大体において、日本の法律が適用されている。しかし米軍の布告は法律に優先する。売春禁止法は沖縄にはない。それから姦通を処罰する日本の戦前の法律がここではまだ生きている。町の秩序は日本人（沖縄人）の警察官によって維持されて居り、市民の日常生活に米軍人は立ち入っては居ない。しかし例えば伊豆大島の人々が大島という危険な火山のそばで、不安定な安定を感じながら生活しているのと同じように、沖縄の安定した生活は不安定な基盤の上に据えられている。そのような不安定に人々は次第に鈍感になり、個人的な幸福が追求され、現状肯定の気持が強くなって行く。

いま沖縄の人々の生活は、内地でわれわれが想像していたほど不幸でもなく不安でもないように、私には思われた。しかし一般的な貧しさは、おおうべくもない。


沖縄の貧しさには多くの原因があるであろう。短期旅行者の眼に映った限りでは、戦争の惨禍、土地がやせていること、経済活動が全般に小規模であり不自由であること等が感じられた。戦前から沖縄は貧しい島だった。そして北九州やサイパン、テニヤン、パラオなどに対する労働力の供給源であった。今後もそのような状態が続くのではあるまいか。子供が多い。産児調節はあまり考えられてはいないらしい。産物と言っては砂糖とパインアプルだけだ。砂糖きびはこの島では背丈が六尺しかない。台湾やブラジルの半分にも足りない。その砂糖が貿易自由化のために暴落して、政治問題になっているようであった。

旅行者、観光客はともかくも南部戦跡をひと通り訪ねることになっている。しかし戦後二十年を経て、戦跡を見てまわることの意味も価値も変りつつあるのではないかと私は思う。戦跡とは言っても、戦禍のなまなましいものはどこにも無い。わずかにその記念の場所に建てられた石碑によって偲ぶばかりである。

私も幾つかの記念碑に詣でて来たのであるが、惨禍を思わせるものは何ひとつ残ってはいない。問題はもっと他にあるのではないだろうか。ひめゆり部隊の娘たち百四十余人は地下の洞穴にかくれていた。降服を勧告されて、洞穴から出ようとした者は、うしろから日本兵に撃たれて死んだという。そういう苛酷な理不尽な道徳が兵隊のあいだにあったのだ。だれが教え、だれが培った道徳であろうか。自決することの意味は理解し得る。その事の美しさも解らなくはない。しかし敗戦が決定したのちに、他人の降服を妨害し、彼を殺害する事の意味は理解に苦しむ。それは自分自身の絶望の凶暴な表現に過ぎないように思うのだ。私はそういう男をこの上もなく憎く思った。

沖縄の人たちはこれらの戦跡を忘れることは出来ない。しかし当時の敵はいま巨大な基地をこの島の中に造っており、沖縄の経済は基地米軍に負うところ少なからぬものがある。その事の矛盾をどう感じているのか。私は質問することが出来なかった。この矛盾は沖縄人にとって、解決することの出来ないものであるだろう。矛盾を矛盾のままでのみこんでしまうより仕方がない。その事に一種の絶望感がある。彼等は絶望に耐えて、年月を経て忘却に至ることを待っているのではないだろうか。沖縄が平和である間は、矛盾はいつまでもそっとして置かれるだろう。……

聞くところによると沖縄は学問を愛し尊ぶところであるという。石垣島でも同じことを聞いた。(この小さな島の出身者で、博士号を持つ者が六、七人もいる)ということが彼等の誇りであった。学問を愛したことは、はるかに遠い内地への郷愁であったかも知れない。日本の最西端の、台湾にほど近いこの僻遠の島に住む人たちの、心のあせりと郷愁とが、学問によってわずかにいやされていたのではないかと思う。

宮古島はほとんど平坦な隆起珊瑚礁の上にあり、よく耕されて美しい島であるが、石垣島は標高五百メートル以下の山々を連ねていて、耕地は南部をのぞいては極めてせまい。ここには米軍の施設は何もない。三月二日、あたかも高等学校の卒業式の日で、（螢の光）や（仰げば尊し）の合唱が私の宿の部屋まで聞えて来た。渡航手続きは外国旅行と同じであり、街の通貨は米ドルであるが、人々の生活感情は頑強なほどに日本人であった。これだけは戦争が破壊し得なかったものだった。

東京を発った時、近処の池には氷が張っていたが、沖縄では草々の花が咲いていた。パパイヤの木は子供の頭ほどの実を七つ八つもぶら下げており、いかだかづらの紫の花房が到るところに咲き競うていた。サイパンやパラオで生垣に造られていた仏桑華（ぶっそうげ）の赤い大きな花が、ここにも咲いていた。何だか私には、沖縄人の住むところに必ずこの花が咲いていているような気がするのだった。サイパンやパラオでは人口の七割までが沖縄人だと言われていた。

私は多少の園芸趣味をもっていて、東京でときおり園芸の店をのぞいて見るのだが、東京では貴重に取扱われる観葉植物クロトンの類が、ここではどんな貧しい家の庭にも見事に伸び茂っていた。チトセ蘭やオモトの類はみな野草であった。これらの野草が東京へ行けば貨幣価値を生ずる。

石垣島の旅館の庭で、私は桃玉菜（ももたまな）の木を見つけた、これはサイパン島の商店街の街路樹であった。私は懐しさに耐えぬ気がした。サイパンは失われ、あの島の住民の大半は戦火に斃れた。私は宿の主人にこうて、桃玉菜の実を五つ六つもらって来た。もしも私の小庭でこの実が芽を出したら、それが失われた沖縄の人々への私の記念樹になるであろう。

自由社会の行き詰り

文學界　一九七一・一

何だか近ごろしきりに、人間文化の終末の姿が見えて来たような気がする。またそのような所感を何度か読んだ。誰しもそういう危機感をもっているらしい。文化の行き詰りと一般に言われているようであるが、私はそれをもうひとつさかのぼって、自由の行き詰りではないかという風にも考える。

現代文化と自由思想とは切りはなせない。ルネッサンス以来、自由は幾世紀にわたって人類文化の母体となり推進力となった。自由への要求は常に民衆の側にあり、常に抵抗する力となって作用し、その抵抗の相手は権力であった。国家権力、宗教上の統率力、資本の支配力、社会組織の統制力、あるいは道徳、法律、制度等々の秩序であった。

そのような押えつける力と闘いながら、自由への絶えざる要求が社会を新しくし、活気づけ、進歩発展させ、急速な新陳代謝が行なわれ、社会文化は急激に発達してきた。そこまでは良かったと思う。しかしいま、自由はあまりにも強大な力になってしまったのではないだろうか。もはやこの自由を抑える力はどこにもない。政府にも、あるいは軍部（？）にさえも無くなってしまった。そして自由は過大な自由のために、みずから泥沼に陥ちこんで行った。しかもなお、自由を押し止める力はどこにもない。遠からず人類文化はこの過大な自由のために自己崩壊をしてしまうのではないだろうかと、私は思う。

　資本の自由、企業の自由は旧封建勢力にとって代って自己の勢力をきずき、みずから新しい権力となって政治をさえも曳きずり廻すほどに成長した。その企業の自由競争の結果が現代の各種各様の公害問題である。工業生産はありとあらゆる公害を吐き出して、空気も水も土もみんな駄目にしてしまったが、なお彼等の持っている自由を抑制しようとは思っていない。製薬業者は人体に有益であるとともに有害な無数の薬品を製造しながら、その矛盾から脱出することができない。一つの事だけが単独に約束されることはないのだ。有益なものは有害であり、便利なものは同時に危険であり、最も発達したものは最も野蛮でもある。一瞬のうちに百六十人を叩き殺す航空事故のような野蛮なことは、千年前の人類の間では有り得なかった。

　去る十一月、自民党は公害を処罰する法律をつくろうとして準備していた。ところが財界首脳部こぞっての大反対にあい、たちまち法律制定は無期延期されてしまった。企業の自由は法律の拘束を拒否する程の力を持っている。つまり政府は公害問題解決の力を持ってないということを証明した。そして、この企業の自由は今後もなお一層大きな公害をまき散らすことになるだろう。

〔その後この年の十一月、十四法案が可決された〕

　自由主義国家は共産主義の脅威をしきりに口にする。しかし恐らくは、自由主義国家を崩壊させるものはその自由主義であろうと私は思う。マリファナとヒッピーと人種暴動と労働争議とのアメリカにはもはやその前兆が感じられるようだ。自由主義国家という言葉には始めから矛盾がある。国家は国家的秩序をもって民衆を統轄し統制するものであって、民衆の要求する自由とは常に相容れない。その民衆の抵抗する力がこの二十年来、どこの国でも急速に強力化した。そして国家権力は日に月に後退しつつある。

強大な力を持った自由への要求は、当然みずからの秩序を持たなくてはならない。つまり自分の持つ自由をみずから制限する力をもたなくてはならない。それは宿命的な矛盾である。しかしその新しい秩序はまだ現われてはいない。従って自由はいまのところ、各種各様の暴力に似た姿になっている。資本暴力、労働暴力、言論暴力……。安定した社会というものは、安定した道徳基準をもっていて、それが何十年も続いて行くというようなものであったろうと思う。それに比べて見ると現代は道徳不在の時代と言えるのではないだろうか。道徳の基準が見失われているから、何が不道徳であるかもはっきりしない。また不道徳にも理屈がついており、古い常識から見て不道徳と思われるものがちゃんと正当化されている。無秩序にも反秩序にも大義名分がついている。したがって現代は是非善悪の判別がなくなった時代でもある。要するにすこし大袈裟に言えば、自由の名に於ける百鬼夜行の時代である。

社会の是非善悪の基準を定めたものは国家の法律である。法律を運用する者は司法官僚である。ところが司法官の間ですらも是非善悪の区別がはっきりしなくなった。(極端な思想の持主は判事として不適任だ)と老判事は言い、青年判事は顔色を変えてそれに抗議している。既に法秩序はそれを担当する人間のあいだから崩れはじめている。

自由は権力者に対する人民の闘いであった。その闘いによって人民の幸福を築こうとするものであった。人民の力が弱かった時、人民の要求は単純であり容易に統一され結束されるものであった。ところが今、人民の力は強くなり、その要求は複雑に分裂し、不統一でばらばらなものになり、要求と要求とが矛盾しあうものになってしまった。これが自由の持つ内部的な危機である。

自由はもともと権力に抵抗する民衆の力として発達して来た。具体化し形成する力ではなくて、それに抗議しそれを破壊する作用の方が強かった。したがって一般に無責任になり易く、抽象的になり易い欠点をもっていた。古き秩序を打ちこわして、みずから新しい秩序を打ち建てるためには、その秩序にしたがって彼等の主張が統一されなくてはならない。従って自由は或る程度制限されることになる。自由を主張する者はそこで巨大な矛盾につき当る。自由を捨てるか権力を捨てるか。更に、自分とは異る主張を持った者に対しても、彼の自由を認めるかどうか。認めれば混乱となり、認めなければみずから権力者となり自由の敵と化する。そのようにして自由は強力になりながら、自己の矛盾を次第に拡大して来たようである。

恐らく文明諸国の政治家たちの今後の課題は、いかにして民衆の自由への要求を強力に押えつけるか、という事になって行くであろう。押えることができなかったら、国家社会が崩壊してゆくのだ。日本の憲法第十九条、二十条、二十一条（言論、結社、集会、信教の自由、表現の自由、出版の自由、良心の自由）などは、政府の当局者にとっては大変にやりにくい、邪魔な条文になってくるに違いない。自由が美しき自由であった間は、人類にとって誇るべきものであった。しかしいま、自由はみずから腐敗し、社会の紊乱となりつつある。この腐敗を喰い止める力がどこに有るか。それが今後の最大の課題であろうと思う。

V 言論の自由について

自己の文学を語る

國文學解釋と鑑賞　一九七六・八

私は四十年以上も作品を書いて来たが、そのうちの主要なものについては、(何の為に書くか、何を目的に書くか) ということがはっきりしていた。目的が明確になってからでないと、書き進めることができない。従ってそれらは社会の不正、不合理等を摘発するようなものが多かった。作品を書くことは私の闘いであった。謂わば作品は闘いの手段であった。

そういう私の傾向は、一部の人からは邪道であると言われた。文学は政治や社会が目的ではなくて、文学自身が目的であるというのだ。その説が解らなくはないが……また日本の文壇にはその考え方が多いが、それはいわゆる芸術至上主義的でもあり、現実から遊離したものとも見られ、遊戯的な文学とも見られる。芸術は実用を目的にしたものではないというのが、その理論の根拠であろうか。

私は何も自分の作品を社会の実用に供しようとは思わないが、何の為に書き、何の為に読むのか、それを考えずには居られない。現実の、眼の前にある社会の、不正や危険や誤謬を、そのままに放ったらかして居て、文章だけをどんなに飾ってみたところで、そんな文学はひま潰しに読むだけでいいだろうという気がする。

また私は社会の浮薄な流行が気になってならない。その傾向に対して警告を発し修正を要求したい。中国との戦争の初期に、あの戦争礼讃の危険を感じて（生きている兵隊）を書き、戦後は軍人たちを敵のように非難する事のまちがいを修正したい気持から（望みなきに非ず）を書いた。戦後の好景気と開発ブームの中では（傷だらけの山河）を書き、道徳性崩壊の世相に対しては（青春の蹉跌）を書いた。他人は何と見るかは解らないが、自分としては一つ一つが時代への警告であり世相との闘いであった。その闘いに私は作家としての生き甲斐を感じ、書くことの意味を感じていた。

それを文芸評論家が文学上の邪道であると言っても、私は訂正する気はない。私はそのやり方でいいのだと思っている。私小説が有っていいのならば、私のような邪道の小説も有っていいだろうと思う。少なくとも私の小説で文庫本になったものの四種は百万部以上印刷刊行されている。喜んで読んでくれる読者がそれだけ居たのだ。この事は私の仕事が現代に於て、無意味ではなかった証拠であろうかと、自分では思っている。

独裁ジャナリズム

文學界　一九五六・九

二三年まえに、或る女流作家の家庭にまつわるスキャンダルが新聞に書かれたことがあった。すると直ぐに後を追うて某大雑誌がまたその事件を書き立てた。私はその雑誌の編集長に会ったときに、

「あんな個人的な事件をあまり書き立てるのはやめ給え」と忠告めいた事を言った。すると彼は、

「だって面白いじゃないか」と、たった一言で答えた。

彼にとっては（面白い）という事がすべてであった。要するに商売である。この事件は売り物になると思えば、書かずに居られない。書かなくては損になる。従って読者が面白がるような書き方をする。その為には少々事実を歪めても誇張しても、敢て意に介しない。雑誌の所信が疑われるような事も、その為に沢山売れるとあれば已むを得ない。社会の風俗道徳値に悪影響があるとしても、雑誌の責任だとは思わない。要するにそれが日本のジャナリズムというもののやり方であるらしい。

ジャナリズムの害悪という言葉をときどき耳にする。しかし耳にする程度であって、本当にその害悪を追及した文書などは見たことがない。その害悪を追及して世論に訴えようと思えば、ジ

ャナリズムの力を借りなくてはならないという矛盾があるからだ。従ってジャナリズムの害悪は誰からも糾弾されることなしに、ますます害悪を逞しうして居る。これはジャナリズムの独裁的現象である。戦争中に東條政府の悪政をひそひそと語りながら、誰ひとり正面切ってその悪政を糾弾することが出来なかったのに似ている。

憲法によって擁護された言論表現の自由がある限り、ジャナリズムの暴威は抑える術もないのかも知れない。参議院選挙で社会党が三分ノ一を獲得したから、自由憲法もあと三年は大丈夫だ。従ってジャナリズムもあと三年は頭を抑えるいかなる脅威もない。しかしそれで宜いだろうか。

どんな商売だって何等かの取締りを受けている。料理飲食店は営業時間でしばられ衛生規則でしばられている。運転手は交通規則でしばられ、工場は労働規則でしばられ、劇場は建物の構造や営業時間などで縛られている。いずれも公衆の安全と利益のために造られた規定である。ジャナリズムに関する限りそういう規則が何もない。僅かに猥せつ文書になることさえ避ければいい訳だが、近頃は相当猥せつな文章すらも堂々と編集されている。それが公衆の安全と利益とに反するような場合ですらも、言論自由の問題がやかましいので誰も手を出さない。かくて商業ジャナリズムは、完全に一個の商業であるにかかわらず、特権商業みたいな立場をもって、横行闊歩している。

映画には映画倫理規定委員会というものがあって、多少は自粛的作用をしている。しかし映画も亦一種の商業ジャナリズムであって、印刷ジャナリズムと共に、ここ数年間の日本の風俗を支配している。今日の頽廃した風俗はすべて映画と雑誌とがかもし出したものである。それに片棒かついで居るのがラジオとテレビである。

ジャナリストはこういう現象について必らず自己弁護する。即ち「吾々は商売だ。世間が受け容れないものは造らない。世間が頽廃して居り、頽廃したものを要求しているから、吾々はそれを供給している丈けだ。読者がもっと程度の高いものを要求するならば吾々はそういうものを提供するだろう。要は人民一般の文化水準の問題だ」と。

人民一般の文化水準はジャナリズムと無関係に存在しているものではないと私は思う。ジャナリズムは文化水準を動かす一番大きな力ではないだろうか。

ジャナリズムが商業化しすぎた為に、こういう事態が出来てしまったのだ。しかしいまさら、白衣の宰相と言われた昔の誇りを取り戻せなどと言って見てもはじまらない。太陽族などという馬鹿な言葉を発明し、そういう人種があるかのように分類し、誇張された宣伝をすれば、逆に、太陽族みたいな人種が発生し、それが流行する。悪質ジャナリズムが社会を毒した最近の顕著な一例である。しかもジャナリズム自身は自分の害悪を意識しないで、逆にジャナリズムの勝利を誇る。

こういうジャナリズムの異常発達と悪質な成長とを、このままにして置いていいとは私には思われない。自由主義経済の自由競争がもたらした一種の病弊である。ジャナリズムがみずから何等かの粛正を加えない限り、政治力発動が必要になって来る。政治力によるジャナリズムの統制は元より悪いことだ。しかし現在のジャナリズムの病的成長もこのままで宜いと思われない。ジャナリズムはその功罪を厳重に検討されなくてはならない時期に達している。しかし誰が功罪を論ずることが出来るだろう。功罪を論ずる文章はジャナリズムに発表されるより仕方がないであろうし、論ずる人自身がジャナリズムのマス・コミュニケーションに便乗するより仕方がないのだ。

こんな事を言うとジャナリストの側からは逆に、小説や流行歌などの頽廃ぶりが指摘されるかも知れない。そういう事実も無くはない。しかし小説の頽廃は小説作者が下等なジャナリズムに妥協した姿であって、元兇はジャナリズムの方である。同時に、小説家がジャナリストになりかかって居るのである。小説家も今日の経済機構のなかではジャナリズムの寄生虫であるのだから、致し方もない。私自身もそういう寄生虫の一種である。寄生虫が宿主たるジャナリズムを糾弾するというのは恩知らずみたいであるが、宿主たるジャナリズムの毒素がこんなに強くなっては、寄生虫も自己防衛の必要がある。石原慎太郎君などはジャナリズムに育てられた新しい申し子であるが、同時にジャナリズムが彼の命を危なくして居る。

私がこんな事を書いているのも、実を言えばジャナリズムを意識し、その宣伝力に便乗しようという量見であることを、私は知っている。そういう矛盾を承知で、矛盾に巻きこまれないように要求しながら物を書くというのも、何だか中途半端で、おかしなものだ。しかし何等かの方法で、ジャナリズムの堕落は糾弾されなくてはならない。

小説についての反省

新潮　一九六七・一〇

小説を書き続けて三十年にもなるが、書きながら私はいつも一種の焦躁感をもっていたように思う。焦躁感の内容はいろいろなものを含んでいたものであろう。表現能力の不足感とか、思考の浅薄さとかいう自分の未熟さと、それに加えて散文という表現形式のもっている窮屈さもあったかも知れない。この数年、また改めてそれが痛感されて来た。自分の前に立ちふさがっている壁を感じる。私の仕事が行き詰ったのか、それとも今日の小説という形式自体が生き詰っているのか。

しかし恐らく美術家でも音楽家でも彫刻家でも、そしていつの時代にも、みんな行き詰りを感じながら自分の仕事をしていたのではないかと思う。そのような行き詰り、限界を感じながら、それに挑戦し、苦心して一歩ずつ新しい世界をひろげて行く闘いをして来たのだ。いわばそれが彼等の仕事に対する良心でもあった。その闘いの目標は誰しもが胸の中にもちながら、実現は容易でない。文壇の行き詰りという批評もそこから出てくる。

どのような芸術も、その表現形式にしたがって或種の束縛、運命的な限界を、背負っている。画家は画面という平面から逃れることはできないし、映画は何はともあれスクリーンの上で（見せ）なくてはならない。そして小説は読者によって一字ずつ読まれるという形式から脱出することができない。私たちの青年時代にシュール・レアリズムの小説というものを試みた二三の若い作家があった。しかし散文小説の上ではシュール・レアリズムは成立しない。つまり美術のように、全作品の構図がひと眼で見渡せるような芸術形式でなくては不可能なことを、文学の上で試みていたのだった。そういう失敗の試みも貴重に思わなくてはならない。

爾来、小説の形式はほとんど変っていない。だから小説は進歩しているのかという疑問が出てくる。私は進歩したと思う。技術的にも思想的にもずっと進歩した。紅葉や花袋の時代とは比べものにならない。谷崎潤一郎にしても初期の作品を見ると驚くほど幼稚だと思う。しかし小説の進歩はほぼ同一線上を進んで来たのであって、全く新しい別の道を発見し、発展させたという風には見えない。そこに散文小説の限界があるとも言えるだろう。

絵画の部門では、画面という平面の世界に限定されたままで、ずいぶん違ったものが出てきた。古い概念では理解できないような作品が無数に見られる。彫刻でも同じことが言える。建築もその是非は別として、ブラジリヤのような非常識に近いようなものまで現実に造られている。小説の世界でも全く新しい作品をつくろうという意志は少くなかった。アンチ・ロマンはその一つの試みであろう。しかし私が手にした一二の作品だけについて言えば、アンチ・ロマンは面白くない。古い形式の小説の世界をゆるがすだけの力はまだ無さそうに思われる。

ノン・フィクションという作品がある。しかしこと文芸に関する限り完全なノン・フィクションは有り得ない。外界で起った事件を文章に書いたということ自体が既にフィクションである。

最近問題作と云われたアメリカの作家の「冷血」を読んでみたが、私は途中で投げ出してしまった。これは文学ではない。精密な記録というものが文学にとっては全く無縁なものであるということを、私は痛感した。作者は精密な記録ということにみずから溺れている、フィクションを初めから毛嫌いすることに、格別な意味はない。説を小説として成功させるために必要な手段であって、フィクションは小

こまかく見れば色々な作品が書かれている。しかしそれらの作品の基本的なかたちは写実主義であると言っていいだろう。写実主義は半世紀にわたって日本文壇の主流であった。けれども作家のうちの何割かは写実主義に疑いをもち、読者のなかの何割かは写実主義にあき足りない気持をもっているのではないだろうか。

写実主義、リアリズム、真実をうつす、在るがままに書く……ということは、厳密な意味では不可能なことだ。写実とは所詮、作者の心に感じたものを、できるだけ正確に読者に伝えようという手段に過ぎないのであって、外界の真実とは何の関係もない。

描写という表現技術を除いては小説は成り立たない。多かれ少かれ小説は描写によって支えられている。しかし私は描写という作業に疑問をもつようになった。描写とは結局描写にすぎないように思われる。そして小説の本質は描写することではなくて、それ以外のものだ。むしろ描写を最小限度まで切り捨てた上で、描写に頼らない小説というものを考えて見たいと思う。俳句でも絵でも、それが説明になるということを極端に嫌っている。説明の部分は芸術性が稀薄になる

からであろう。ところが小説のなかの描写とは、ほとんど大部分が説明である。それも或る程度は致し方ないことであろうが、説明だけで小説を構成するようなかたちに私は退屈を感ずる。どれほど精密な描写をしてみたところで、文章による表現には限界があって、具体的な効果から言えばテレビや映画のような、眼に見えるものとは比べものにならない。

某日、私は山本健吉氏に右のような考えを述べてみた。すると氏はすぐに「ドン・キホーテは描写ではないよ。あれは叙述だ」と言った。叙述という言葉だけでは私は少し不満で、何かもっと適切な言葉がほしい気がしたが、ドン・キホーテが描写でないという点では同感であった。あの時代から既に描写にたよらない文学が書かれていたのに、現在では描写主義が小説の主流になっているというのは、自然主義文学がもたらした影響であるかも知れない。小説の歴史は描写の歴史ではなくて、もっと別の方法もある。そして今後の文学として私は、山本氏の言う叙述に更に何かを加えた、新しい方法を考えて見たいと思った。

美術の世界でも写実的な描写主義は無くなりはしないが、写実だけの作品は甚だ古いものになってしまった。画家は薔薇の花を一つの手がかりとして、彼自身の美の世界を創造する。それは現実の薔薇とは全く違った、画面の上だけに存在する花である。しかし小説の部門ではいまだに現実の薔薇をそのままカンヴァスに写そうとする古風な努力がつづけられている。描写とは作家にとって、時としては怠惰な、安易な方法でもあり得る。

数年前私は、ある男の生涯をわずか三十枚ばかりの短篇に書いた。三十三年の生涯を三十枚に書いたのだから、絵で言えば一種の素描のような作品である。すると評論家H氏が文芸時評のなかで、（この小説には描写がない）と言った。私が苦心して切り捨てたものを、拾って来いと言うような云い方だった。私はがっかりした。ごたごたとした描写がなければこの評論家には物足りなかったのであろう。作者の努力の方向が、彼にはまるで解ってもらえなかったのだ。

写実主義、描写主義をどのように乗り越えるか。……この点で小説は、他の芸術分野にくらべてかなり立ち遅れている。散文という拘束された表現形式が、立ち遅れの一つの原因ではあるが、だからこそこの壁を乗り越える必要があるのだと私は思う。

小説のなかには無数の（女）が書かれて来た。しかしその中に一人の完全な（主婦）が描かれたことがあったかどうか。小説の中の家庭婦人の多くは家庭の中にいる女であって、全的な主婦ではない。主婦は小説に描かれた以外のもっと複雑で多様な生活をもっている。描かれた家庭婦人は主婦の一部分でしかない。それを全的に描くためには退屈で長たらしい描写をするよりほかは無いのだろうか。画家は薔薇の花を描いて薔薇の根は描かない。薔薇の根には絵画的な美はないのかも知れない。しかし文学的な美を発見する方法は有りそうに思われる。作家は薔薇の根を無視してはいけない。根の在り方が花の姿を決定する。……人間の根とは何であろうか。

大部分の人間は職業をもっている。けれども小説は一つの職業をも完全に描いてはいないように思う。職業そのものは小説の対象になり得ないものだろうか。職業人は無数に登場する。しかしその人の職業の場がはっきりと描かれたことはほとんど無い。主婦が完全に描かれていないように、職業人も片輪な生き方しかしていない。

いわゆる私小説作家は自分の私生活を中心にして多くの作品を書いている。しかしながらその作家は自分の作家という職業については、ほとんど何も書いていない。すくなくとも作家という仕事の内容や、その仕事と社会との関連については全く書いていないと言ってもいい。つまり私小説作家は自分の職業だけを除外した私生活を書いている。これはどういう事であろうか。

私はかつて教師の世界を主題として「人間の壁」という長い作品を書いた。作中の教師たちは教師という職業人であるけれども、教育の現場はほとんど書いていない。教師という仕事の周辺は書いたけれども、教育作業そのものはほとんど追及されていない。ところが教師が命をかけているのは教育作業である。つまり教師が最も大きな苦心と努力とを払っている教育の現場を、私はほとんど書いていない。それを描くことが何かしら（小説）の場からはみ出してしまいそうに思われたのだ。参考のために壺井栄氏の「二十四の瞳」を読み返してみた。名作と言われたこの小説の中でも、情緒的な教師の一面が描かれているばかりで、教師という職業人の教育作業の現場は全く除外されていた。つまりこの教師は現場をはなれた教師の姿であった。「二十四の瞳」はそのようにして職場の姿を除外したために名作となったのか、それともその事はこの作品の欠点と考えるべきものなのか。

現代の人間が経済生活の全部を託している職業という大きなものが、小説の世界から脱落しているということには、反省すべき問題がありそうに思われる。

源氏物語にも江戸文学にも愛欲描写はある。しかし特殊なものを除いて古典文学には直接的な性行動の描写はない。それは美ではなかったのだ。近代自然主義以来、殊に戦後になって実存主義のようなものが入って来て以来、直接的な性欲描写が文学にはいってきた。けれどもその事によって小説は深さを加え、あるいは豊かさを増したかと言うと、私にはそうは思えない。「チャタレー夫人の恋人」のなかで作者は懸命になって、性行動を（芸術化）しようと努力しているらしいが、私はそれを退屈だと思う。性行動それ自体はどんな風に描いてみても、文学的美にはなり得ない。

人間の在るがままの姿を描くという自然主義的な考え方から、多くの作家は性描写をこころみているが、排泄や女性の生理については全く触れなかった。そこには美がないことを知っていた。それと同様に直接的な性行動にも美はない。有りそうに見えて、実は何もないと私は思う。大江健三郎君や石原慎太郎君は幾たびかむき出しの性描写を試みているが、それは文学的に新しい何かを加えたのではなくて、他人がふれないものにじかに触れたという珍しさだけであった。性行動それ自体は一種の行き止りであって、そこから先に発展するものは無い。

小説における（性の探求）という言葉はほとんど無意味だと私は思う。性描写の大部分は性生活の末端の小さないざこざであって、探求でも何でもない。それが人間の赤裸々な真実を追及する方法のように考える人もあるが、実は真実の小さなひとかけらに過ぎないのであって、人間を全的に表現する方法ではあり得ないように思う。性は心であるよりも体であり、体は胃や四肢や頭髪とおなじように、既に在るものであり、どうすることも出来ないものである。クヌウト・ハムズン〔ノルウェーの作家。一八五九－一九五二〕は飢えの心理を書いたことで有名であるが、その作品はまことに退屈なものだ。空腹を感じて物を食べるということは文学ではなくて、生理である。生理は文学的な美とは縁が遠い。今日ではハムズンの「飢え」という作品をかえりみる人はほとんど一人も居ない。性行動も生理であって、美の要素はすくないと私は思う。

作品が多くの読者に読まれるということは何でもないことだ。いわゆるベスト・セラーと文学的価値とはほとんど何の関係もない。或る程度の通俗性と、読者の生活や境遇に直接に触れる何かの要素があれば、一種の流行のようになって、本は多く売られる。その事がしばしば文学的価値と混同され、まちがった世評が決定する。日本の読者はいわゆる破滅型の作家が好きで、そういう作家の悲劇的な死に心ひかれる。それが大衆的心理の弱点に強く触れて行くものらしい。

作家にとって大切なことは、自分の書いたベスト・セラーに足をとられないようにすることだ。世間の評価のまちがいを、作者はみずから再評価しなくてはならない。けれども作家はときおり世間的な評価を足場にして更に次の仕事を積み上げようとする。そして自分が造った穴に落ち込んで行く。（小島政二郎氏の〝眼中の人〟はその事にふれている。）作家はいつも自分の過去の仕事を振り捨てて行かなくてはならない。

横山大観はたくさんの富士を描いた。それは自分の表現方法の探求という意味であっただろう。その探求が或る点まで達した後には、新しい表現の探求を心懸けなくても富士を描くことが出来たに違いない。その時から、創造の仕事は単なる作業になってしまう。しかも世間は大観の富士という高い定評を決定する。……そのような経過を辿って、作家の堕落がはじまる。

作家は世間が与えてくれる定評を警戒しなくてはならない。或る作家は娼婦の世界を描いて定評を得、また或る作家は子供の生活を描いて定評を得る。作家はそういう定評に倚りかかっていてはならない。それは一つの怠惰であり、自分の仕事の範囲をせまくすることでもある。あるいはまた世間の定評をあてにして仕事をすることであり、従って芸人の仕事に近づく、手品師、軽業師、落語家の仕事はほとんど同じ芸のくり返しであり、くり返しによる定評に支えられて生きるのであるが、作家の場合、くり返しは自分の貧困さを意味する。

云うまでもなく私の素質や性格は、私の仕事の範囲を限定する。私には芸者の世界は書けないし、書きたいという意慾も少いが、舟橋聖一君は自信にみちて自由自在に描く。ユトリロはパリの風景を豊富に描いているが、彼の人物と静物の絵は見るに耐えないほど見すぼらしい。素質というのは致し方ないものだ。しかし自分の素質の中で、できる限りその可能性を発見し、新しく自分の道を伐り拓いて行かなくてはならない。その意味で作家は世評に抵抗しながら仕事をすめて行くべきだと思う。有吉佐和子君は「華岡青洲の妻」を、吉行淳之介君は「星と月は天の穴」を、みずから振り捨てて行かなくてはならない。

小島政二郎氏の「眼中の人」が発表されると、多くの評論家がすぐに種々な評論を書いた。評論家がたくさんの作品の中からどれを採り上げて論評するかは、その人たちの自由であろう。けれどもあれだけ多くの評論が発表されると、あたかもそれが最近の傑作であるかのような印象を受ける。「眼中の人」はいわゆる問題作であるかも知れない。つまりその作品を手がかりにしていろいろな事が考えられ、いろいろな論評を加え得るということだ。けれども正直なところ私には淋しい作品であった。

私小説風に、老作家の内心を洗いざらい吐露したような作品であるが、読後感は作者の心のいたましさばかりが感じられて、私はたのしくなかった。内心の醜さや愚かさを吐露した告白文学は少くないが、その結果として（告白の美）とでも云うような一つの美が結晶されなければ、醜が醜のままで終ってしまう。告白の真実さよりも、その方が問題だと私は思う。

小島氏は若い頃に、かねの誘惑に負けて大衆小説を書き、それが好評を得たために次第に深間にはまり込んだということを、深い後悔をこめて書いていられるが、私には少しばかり自己弁護のように受け取られた。そして今でも本心は芸術小説を書きたいのだと、青年のような情熱をこめて氏は書いていられるが、その純真な情熱と「眼中の人」との間には矛盾があるように思われる。純文学への情熱が、このような手放しの告白小説になってしまうということに、私は疑問を感じたのだった。私にはこの「眼中の人」が、作者の已み難き芸術小説への意慾が結晶した作品だとは思われなかった。もっと何か別のものが混っている。それが問題ではないだろうか。作者はかねの誘惑に負けて大衆作家になってしまったと痛歎していられるけれども、本当にかねの誘惑だけであったかどうか、もう少し考えなくてはならないものが有るように思われる。

外村繁君は生涯一貫して私小説系の作家であった。したがって告白的な要素が彼の作品の中心になっていた。外村の告白は小島氏の告白とは質的に違っていたようである。それは芸術感覚の相違というようなものであろうか。外村は私の知るかぎりではいつも貧しい生活をしていたが、そのために決して自分を崩しはしなかった。私は日本の私小説をあまり高く評価してはいない。

しかし外村の晩年の「落日の光景」その他一連の闘病生活を描いた作品には、深い敬意をはらっている。私にはあのような小説は書けそうにもない。

外村も高見順も癌で死んだ。高見の晩年は死に直面していささか狼狽していたように見える。そして死に直面している自分の立場を誇張していた。またいきなり仏典を読んだりして、死への姿勢をつくろうとあせっていたようにも思われた。外村は淡々として「落日の光景」を書いている。彼も癌であり、同じ時期に夫人も癌であった。その悲痛な立場に在って彼は最後までことに静かであり、いささかの狼狽をも見せなかった。これが私小説を書くことによって鍛えられた澄明な人格であろうかと、私は粛然とする思いだった。

文学作品のなかの（告白）とは、何をどんな風に告白してもいいというものではない。（胸中のわだかまりを洗いざらい吐き出した作品）などというものは、世間に甘えたわがままな仕事であって、文学として貴重なものではない。告白文学にもおのずから或種の秩序があり規範がある。それは美の秩序というようなものだ。手前勝手な真実の告白が貴いのではなくて、告白の美というようなものにまで結晶された真実が貴いのだ。

小説の世界は意外に狭い。愛慾と憎悪と闘いと死。ほとんどそれだけの場に限られているようだ。外国の作品についてもほぼ同じようなことが言える。したがって極端な言い方をすれば、大部分の小説は幾つかの類型にしたがって分類することができる。

そのような類型から脱出しようとして、作家たちは種々の試作をこころみている。しかし類型は作品の主題から来るものばかりではなくて、創作の方法そのものにも一つの類型があるのだと私は思う。

たとえば人生探求という言葉があり、性の追及という言葉がある。私たちはどのような方法で性の追及を試みて来たか。その追及の方法はほとんどすべて、同じ方向から同じ手段で、同じような思考の径路をたどって、同じ平面の上で追及して来たのではなかったろうか。逆説的な言い方をすれば、多くの作家が一様に性を追及するという、その事自体がすでに類型であって、その類型的な性の追及が何十年も続けられているということにも一つの問題がありそうに思われる。たとえば性の追及はほとんどすべて性心理の面からの追及であって、性生理からの追及は為されていなかった。生理からの追及によって文学的な真実や美を創造することは不可能であっただろうか。(……この部分、前記の性描写についての所感と、矛盾しているらしい。)人生探求についても前に書いたように、職業を通じての探求はほとんど為されていない。

(自分たちが、作家という天職を発見したのは、中等学校の中庭で、ラシーヌやヴェルレーヌを読み過ぎた為である。自分たちは、既に出来上った文学で養われて来た。)……これは小林秀雄氏の本の中で見つけたサルトルの言葉である。

私たちは確かに形の出来上った文学で養われ、出来上った文学のくり返しを書き過ぎたように思う。そこからの新しい発展を試みた作家はあったに違いないが、古い出来上った文学の殻を大きく破り去るまでには至っていない。しかし私たちは更に新しい努力を試みなくてはなるまいと思う。小説はもっと広い世界を見つけ出す必要があるし、その方法も無くはない。これまでは文学が有り得ないと思われていた所から新しい文学を発掘し、新しいロマンを見つけ出さなくてはならない。それは何も、いわゆる極限状態に置かれた人物を描くというような特殊な仕事ではない。平凡な日常生活の中にいる人物を、全く新しい角度から研究し、新しい解釈を与えることによって、これまで考えられなかった第二の小説世界を創造することができるのではないだろうか。（出来上った文学）の世界から外に踏み出して、未発見の新世界を発見する努力が為されなくてはならない。作家がノン・フィクションとかルポルタージュとか云う作品を書くことにも意味はあるだろうが、そのことには少しばかり作家としての敗北が感じられるように思う。その場所から、更にもう一歩踏み出したところに、ルポルタージュの真実性を超えた新しいフィクションの真実性を考えることが、できない筈はないと思うのだ。

私たちが出来上った文学を受け継ぎ、その繰り返しをやって来たということの一つの例は、小説の物語性ということだ。単数または複数の主人公が登場し、その人物の行為や思考や生活という筋道を辿りながら、一つの物語を組み立てて行くというやり方は、小説という文学形式がつくられて以来、何世紀のあいだ少しも変ることなく、今日まで続いて来た。これが小説というものの絶対条件であるかどうか。そのことも考えてみてもいいと思う。

小説の物語性は、小説がひろく読者に受け容れられ、今日の隆盛（？）をもたらした大きな要素であった。けれども演劇、映画、テレビの発達につれて、小説の物語性もその独自の魅力を失って来たように思われる。視覚に訴える映画やテレビは、物語を伝えるという点では小説の何倍かの具体性と迫真力とをもっている。したがって物語性に頼っていた小説は足もとを掬われたかたちになっている。映画やテレビの世界ですらも、架空の物語を描いているばかりではなくて、記録的なものや報道的なものが次第に多くつくられるようになって来た。小説がいつまでも物語性に頼っているのは、或いは時代遅れであるかも知れない。

そしていま、かなり多くの小説は映画やテレビに転用され、いわゆる原作として利用され、都合のいいように形式も内容もつくり替えられ、通俗性を与えられ、そしてその作者はまるで作家ではなくて原作者のような姿になりつつある。その事自体を悪いとは言えない。けれども作家が映画やテレビに従属し、それに寄食するような形になることを、私は警戒する。文学はテレビや映画と妥協する必要はない。文学はあくまで文学でありたいし、テレビや映画のためではなく、どこまでも文学のために作品を書きたいと思う。映画やテレビは貪欲に小説の分野に喰い込み、利用できる限り利用しようとしている。その事をかたくなに拒む必要はないが、そのために自分が作家であることから踏み外して、原作者のようになってしまったら、小島政二郎氏の歎きの覆轍を踏むことになるのだろう。

映画やテレビがほしがるのは小説の物語性である。小説が今後も物語性を固執して行くとすれば、(小説を視覚的な表現に置き換えたもの)が映画とテレビだ……という風な、相互に国境線のはっきりしない存在となり、小説は映画やテレビに滋養分を吸い取られる立場から抜け出すことが出来ないのではないかと思われる。

そのような物語性というものを或る程度捨て去ったところに、決して映画やテレビのための原作ではない、それらから完全に独立した小説の場を考えてみなくてはならないように思う。それが直ぐにアンチ・ロマンであるとは限らない。文学のなかでも詩形式のものは、そのままでは視覚化することはできない。視覚化し得ない小説、あくまでも散文芸術であって、その他の表現形式では表現し得ないという小説の、可能性を考えてみたい。

（尤もテレビや映画は表現形式の芸術性などということを考慮せずに、何でも大衆的なかたちに直してしまうので、そういう暴力は防ぎ得ないだろうことは解っているが……）

社会の文化的な成長は、一方ではすぐれた文化財の大衆化という道を取りながら、他方では文化財をより高度に純化するという道をも進まなくてはならない。小説の大衆化はほとんど過剰なまでに達成されている。私たちはもう一つの、小説をより高度に純化することを考えてもいい時期に来ているように思う。それは心ある作家たちが各々その道によって努力している筈であるが、私は私なりの方法で、小説の物語性というものから、一歩脱出する道を考えて見たいと思う。——

四十二年八月——

言論の自由について

諸君！　一九七六・二（一九七五年一一月二九日の文藝春秋愛読者大会講演より再録）

今日は「文藝春秋」のお祭りで、それに芥川賞・直木賞の四十周年のお祝いを兼ねているということであります。四十年と聞きますと、何か遠い昔のような気がいたしますが、何とか無事に今日までやってきたことを考えますと、まことに感無量であります。

私が第一回の芥川賞、つぎにお話しになる川口松太郎さんが直木賞を頂いたわけでありますが、その頃は私も紅顔の美少年でございました。当時は文藝春秋社もまだ借屋住いで今の内幸町の大阪ビルの五階か六階かに間借りしておりまして、部屋数も四つか五つといった規模でございました。

第一回の芥川賞・直木賞を頂くといっても文藝春秋自体も初めてのことですから、どういうかたちで式を行ったらいいのか、はっきり決まっていなかったらしいのです。社長室に呼ばれまして、私と川口さんがソファーに並んで坐りまして、テーブルの向うには社長の菊池寛先生と社員が二、三人くらいしかおりませんでした。菊池先生がテーブル越しに「はい、石川君」「はい、川口君」と、紙に包んだ賞金を渡してくれただけで、だれも拍手してくれる人もいない。まことに静かなささやかなものでありました。そのときの賞金が当時のお金で五百円。……五百円といっても、ちょっと見当がつかないかと思いますが、私は当時一ヵ月四十円で暮しておりましたから、節約すれば、一年ぐらいは何とか暮していける金額でございました。菊池先生という方は、格好をつけるというか、形式ばることが嫌いな人だったらしく、賞金も「はいよ」といって下さるような感じで、それでかえって私どもも助かったような工合でございました。菊池寛という人は、文壇の大御所といわれた方で、いろいろな人が先生のところへ何かと伝を求めたり、話を聞きにいったりで、出入りしていたようです。しかし私は、賞を頂いたあとも、文壇の大御所に尻尾を振るような感じになるのはいやだと思いまして、わざと遠くの方におりました。しかし、ああいう人とは、お近づきになっていろいろお話を聞いておくべきだったと、後になって大変損をしたような気がいたしました。

実はこの東宝劇場というのは、私にとっても大変なつかしいところでございまして、私も十数年前までは、名優として、皆さんがこれから御覧になる文士劇に出演をいたしました。吉川英治さんの「宮本武蔵」、菊池さんの「父帰る」などもやりましたし、「助六」のときには、助六の石原慎太郎さん、髭の意休が三島由紀夫さん、そしてそばに並ぶ吉原の花魁が曾野綾子さんと有吉佐和子さん、そして私は、紀ノ国屋文左衛門で、二人の喧嘩の留め男になったという思い出もございます。菊池さんの「父帰る」はこの舞台で何度も演じられました。小林秀雄さんも永井龍男さんも、主役をやっておりますし、私も兄の役で出ておりますが、面白いことに、あの芝居をやった人たちがみんな自分の芝居が一番よかったと自慢するんです。「いや、君のはだめだ、おれのがよかったよ」とみんなが自慢する不思議な芝居です。

あの当時は市川猿之助、のちに猿翁と名を変えられましたが、猿之助さんが文士劇の演技指導をして下さいました。ところが役者の文士連中はみな忙しいものですから、稽古日になかなか出てこない。結局、稽古をするのは、ほんの二、三回で、当日の朝、舞台稽古をやりまして、すぐ本番になってしまう。猿之助さんなどは、あんなことで芝居になるだろうかとお考えになるらしいのですが、実際に幕を開けてみますと、そこは文士というものは何となく芝居というものを心得ているんですね。ろくな稽古もしていないのに、何とか芝居にしてしまう、それを猿之助さんは不思議なものだといって感心しておられました。どうも雑談ばかりしていてもいけませんので演題に掲げてあります「言論の自由」の問題につきまして短い感想をお話ししてみたいと思います。

「言論の自由」という言葉はもちろん戦前からありましたが、戦後になってからは、日本中、どこでも知らぬ人はない言葉になりました。しかし、それでは言論の自由とは何かということになりますと、皆勝手に解釈をしておりまして、どういうことが本当の言論の自由なのかわからない。それぞれ自分の都合のいいように解釈いたしますから、ある人の主張する自由と、別の人の主張する自由とが、自由同士で闘うようなかたちになって、自由がかえって混乱を生じているという面もありはしないかと思うのです。それでは、本当の言論の自由とはどういうことなのか――これはいろいろな本を読んでみましても結論が出ていないのです。

柳田謙十郎という人の『自由の哲学』という本のなかにつぎのような言葉があります。「真実の自由とは何かについて、しばしば知識人の間に激しい論争が捲き起されることがある。しかし、この論争は実を結ばず、あだ花を咲かせただけで煙のように消えてなくなるのを常とする」。哲学者ですらわからないのですから、一般の素人に結論を出せるはずがない。そこで自由についての混乱が起っているのではないかと私は思うのです。もちろん私にその結論が出せるはずはありませんけれども、私は私なりに、大事なことはこういうことではないのか、と思うものはあります。御参考までに一つの例をお話ししてみたいと思います。

それは、二千年前の中国、春秋戦国時代と呼ばれているころの話です。春秋というのは孔子の生まれた時代ですね。次の時代が戦国で中国本土が大小いくつもの国に分れて、お互いに相争うという時代になりますが、その頃、司馬遷という有名な歴史家がおりまして『史記』という立派な歴史の本を書きました。いまから申し上げるのは、この『史記』のなかにある話です。その戦国時代、黄河の下流に晋という大国があり、その隣りに斉という小さな国があった。その斉に荘公という王があり、荘公の下に崔杼という大臣がいたのです。その崔杼が夫人を失って後妻をもらったのですが、その後妻が大変な美女だったので、荘公が崔杼の後妻に懸想してしばしば言い寄るといったことが起った。腹にすえかねた崔杼は、家来を集めて荘公の不意を襲って王を暗殺してしまう。そして斉という国を奪ったのだろうと思います。

その頃の中国の国々には太史といいまして歴史家というか記録係といいますか、その時代に起った事実を記録する係の役人がおりました。事実を記録するというだけでなく、天地の神を祀り、先祖を祀るといった祀りを司る役目ですから、重要な役職であり、世襲であったらしく、親子代々その役目をついだのです。斉の国の太史は、王である荘公が暗殺されたのですから、この事実を記録しなければならない。太史はこう記録しました。「荘公の十年、崔杼、荘公を弑す」と。家来が王を殺すのを弑すといいます。弑逆と申しまして、人道に外れた行為だというのが弑するという言葉です。王が家来を殺すのは誅す、誅戮といいましてこれは処罰なのです。

この記録を見た崔杼は激怒してその記録を破り捨て、おそらく書き直しを命じたのでしょうが、太史は肯んじなかった。そこで崔杼は太史を殺してしまう。太史の役職は世襲ですからその一族のものが太史にならなければならない。殺された太史には弟がおりましたので、すぐに立って太史の役につきました。この弟が最初にやらねばならぬ仕事は、政変の記録をすることです。兄の記録は破棄されておりますから、さっそくこれを補わねばなりません。弟の太史は、「荘公の十年、崔杼、荘公を弑す」と同じことを書きました。激怒した崔杼は再び太史を殺してしまったのです。この太史にはもう一人の弟がおり、この弟が三人目の太史の役につきました。三人目の弟も、兄と同じように斉の政変を記録しなければならない。自分の目の前で二人の兄が殺されている。同じことを書いたら自分も同じように殺されるに決まっている。では何と書くか。「荘公の十年、荘公病に死す。崔杼その位を継ぐ」というようなことをもしも書いたら崔杼は喜ぶだろう。しかし、残された記録は後々までも世を欺くことになる。そこでその三人目の太史も筆を執って、敢然として「崔杼、荘公を弑す」と書きました。そこまできて、崔杼はこの太史を殺すことができなかった、という話なのです。

もしこの時に太史が偽りの記録を書き残したならば、崔杼が荘公を暗殺したという記録は今日までは伝わらない。偽りの記録が二千年続いてきたに違いない。この太史のおかげで、われわれは歴史の真実を知ることができたわけです。そこに私は言論の自由というものの大きな意味があると思うのです。言論の自由とは、自分自身に倖をもたらすとか、自分が得をするとか、自分が世間から喝采をうけるとかいった、そんなものではなくて、真実を伝えること、真実を述べること、そして自分自身がどうしてもやらねばならぬことを自分がする、いわば最高の義務に従って自分が行為すること、そのことが、表現の自由ということの一番大きな意味であろうと私は思うのです。

いま世間では、言論の問題がしきりに論争の種になり、紛争の的になっているように見受けられます。しかし、ポルノ映画を作って発表することの自由だとか、ポルノ漫画を描いて発表することの自由だとか、そういう種類の自由と、いま申し上げたような太史が自分の命を賭けて真実を記録した自由とでは、同列に論ずることはできないと思うのです。そういうところに私は本当の自由ということの重い意味があると思います。言論の自由とは、自分の命を賭けて世間に向って表現する、自分の意志であるのだ、自分の命であるのだ、と私は思うわけです。……御清聴ありがとうございました。

日本ペンクラブの闘い

文藝春秋　一九七七・九

日本ペンクラブの内紛やら行き詰りやらについて、私は自分が当事者である間は一言も弁解めいた事を言うつもりはなかった。いま全く無関係な人間になったので、ペンクラブの為にも世間の誤解を解いて置きたい。

私が理事になったのはもう古い事である。副会長になったのは川端会長の指名による。それから間もなく「日本文学研究国際会議」を開催することになった。その準備にとりかかって間もなく川端さんの死という事件が起った。その為に国際会議はどうするのか、やめるのかという問題になった。私は（国際会議は川端さんの為にやるのではない）と発言し、大多数の考え方も同じだったので、そのまま会議の準備をすすめることになった。

準備する費用は三億円。私はその募金委員長になって、日頃は縁もゆかりもない経団連から鉄鋼連盟、銀行協会、電気事業連合会など、財界の大どころを歴訪した。一方では出版社の応援を求め、会員からも寄付を募った。近頃になってペンクラブは笹川良一氏から五千万円もらったという変な発言が出て来たが、あれは全くの虚報である。真実ならば募金委員長の私が知らないはずはない。募金の方針を協議したとき、（競馬、競輪、競艇など一切のギャンブルからは募金しない）という理事会の方針がきまっていた。それはペンクラブの誇りにかけて、博奕のあがりから寄付をもらうのはやめようと申し合わせていたものであった。川端さんは笹川氏の古い友人で、（いざという時は僕が笹川からもらって来る）という風なことを、川端さんがちらと洩らしたかも知れない。しかし理事一同、そんな発言には一切耳を貸さなかった。

準備がととのっていよいよ開会という時になって困った問題が起った。これはペンの本質的な体質による典型的な事件である。即ち発会式に皇太子御夫妻の（御臨席を仰ぐ）という事であった。この発想は誰が言い出して誰がお膳立てしたか私は知らない。私は賛成も反対もしなかったが、困ったことになったと思っていた。果して、それが実行される段になって著名な数人の会員が、後足で砂をかけるようにして退会した。（皇太子夫妻の御臨席を仰いで）とは何事か、というのである。勿論左翼系の人たちだ。

ここでペンクラブというものの本来の性格に触れておく必要がある。ペンクラブには、ひと通りペンマンとしての経歴を持った人ならば誰でも入会できる。ここに第一の難関がある。つまりペンの中では左翼系の人も右翼系の人も（呉越同舟）である。その呉越同舟が言論表現の自由という時流に乗ったら、しばしば衝突するであろうことは明らかである。そして戦後の左翼的傾向が流行している現代では、左翼的な言辞が積極的に出て来ることも明らかである。従来表現の自由を拘束して来たのは日本の右翼又は政府軍部であったし、抵抗して来たのは庶民であった。それ以来、戦後の庶民の一般的傾向として、（左翼思想家でなくても左翼的な抵抗をしたがる……）という傾向がある。皇太子の御臨席は若いペンマンにとっては抵抗の良い切っかけになった。主催者側では只のセレモニーのつもりであったが、それだけではすまなかった。（このような事件が後に、いわゆる革新派を結成せしめる一つの動機になったかも知れない。）

以前にも一度、古いことであるが、日本ペンは左翼的だというので、右翼的な人たち数名が退会した苦い経験がある。つまりペンクラブという所は本来が左右両翼を無条件に包含した団体である為に、具体的な行動を起した時には必ず左右の衝突が起る。そういう宿命的な性格を持っている。だからペン憲章の第三の（ペンマン相互の善意の理解と尊敬）という条項が考慮されなくてはならないのだが、これは高すぎる理想であって、紛糾の内にあっては仲々実行されない。したがってペンクラブはしばしば、外国の言論抑圧事件に対しても、（善処を求める）（遺憾に思う）という風な、抽象的な発言しか出すことができない。少しく無遠慮な言い方をすればペンクラブとは（美しいけれども非実際的な団体）である。国際ペンが金芝河事件について何をしたか。要するに何もしていない。国際書記長がソウルを訪ね、多少の調査をした、日本ペンに委托して報告を求めた——それだけである。それだけしか出来ない団体である。しかしペンクラブの良さはそんな所にはない。ペンマンの国際的親善の方にこそ本当の意義がある。ところが近代の文化社会は抵抗、抗議、反対という事ばかりに興味があって、抗争々々に明け暮れている。

皇太子御臨席事件はまるで日本ペンが右傾化しているかのような（物的証拠）を与えてしまった。それならば大相撲に集った人々が君ヶ代を歌ったら、全入場者が右翼系の人たちであるか……そんな馬鹿なことはあるまい。しかし性急な左翼的青年たちはペンを右翼と解釈してしまったらしい。ペンも軽率であったと言わなくてはなるまい。

ペンクラブでは多数決は通じない。右に賛成が八十％、左に賛成が二十％であるとき、二十％が多数に従ってくれるのならば話はわかる。しかしペンクラブでは二十％が反抗し、またその何割かが退会する。これではとてもやり切れない。それぐらい個人が強いのだ。そこに個人の自由意志があり自由な表現もある。それがペンの性格であった。（ところが今度の革新派では、珍しい事に彼等は党派を結んだ。）

阿川弘之君は海軍軍人であって、海軍精神が抜け切れない。ペンの中の若い大衆作家たちからの反撥やいやがらせがあった。阿川君は激怒してペンを離れた。ペンが嫌がらせをしたのではないのにペンを離れた。この時を境として（純文学）系の作家たち、遠藤周作、三浦朱門、曾野綾子が寄り付かなくなった。私は会長として身辺寂寥を感じた。彼等に向って何度か復帰を懇願したが容れられなかった。そのようにしてペンクラブを構成する人たちが質的に徐々に変って行った。


金芝河事件（韓国の強烈な反抗詩人に対する朴政権の言論弾圧事件）は、事件の性質としては詰らない事件である。まず第一にこれは政治的な事件であるのか文学的事件であるのか、私にははっきりしない。金氏は前には共産党員と称し後には否定したらしい。反政府的な行動があったと言い、無かったと言い、その点もよく解らない。純粋に言論抑圧の事件とはっきりしているならば、私自身陣頭に立ってもう少し積極的に仕事をしたくなっただろうと思う。ところが私はぺン会長として甚だ怠惰であった。できる事ならば何もしたくなかった。

金芝河という詩人の訳詩を一つ二つ読んで見ると、はじめはその強烈な反抗精神にびっくりする。しかし何か手加減がちがうのだ。詩人には表現の自由がなくてはならない。しかし無条件に自由であっていいという訳ではない。国民は国家の規制から自由ではあり得ない。国家は人民の自由に条件を付けている。日本の憲法で言えば（公共の福祉のためにこれを利用する責任）を負わされているし、（濫用してはならない）と定められている。ペン憲章の第四にも、（自由は自制を伴うものであるから……）という一文があって、百％の自由などは（国民）である限り決して有り得ない。韓国の法律は知らないが、金芝河はその国の規制を踏み越したところが有っただろうと思う。彼は自分の自由が無制限に許されるべきものだと己惚れていた点がありはしないか。彼の詩は悪口雑言の限りを尽して居る、国民に許された自由の枠を無視したような所がある。朴政権としては（万已むを得ず）逮捕したのかも知れない。政府にも自衛権は有るだろう。

私は朴大統領という人を、はっきり言って嫌いである。しかし金芝河については、朴氏も本当は手を焼いているのだ。金氏は正義の味方であるらしいが、あまりにも勇敢であり過ぎて、朴政権という風車に挑戦して、ドン・キホーテの如くに怪我をしたのではないかと私は思う。それからもう一つ、この詩人にはかなり顕著な自己顕示欲があるようだ。現代は自己顕示の流行する時代で、誰もかれもが自分を人前にひけらかす。この詩人にも確かにそれがある。それは既に個人の演技であって、日本ペンクラブまでが騒ぎ立てて彼の演技を応援するには当らないだろうと私は思っていた。

しかしペンの理事会は少数の（言論擁護派）の発言に引かれて、ほとんど嫌々ながら声明を発したり、調査団をソウルまで派遣したりすることになった。実行派の人たちもどの程度に本気であったか解らないが、こういう場合、反対の意思表示、つまり調査にも行かない、声明も発しない、何もしない……という態度をとるのは大変にむずかしい。大義名分が立ちにくいのだ。（それではペン憲章に反するだろう）と言い立てる人間が必ず居るし、その人をなだめるのには骨が折れる。だから黙ってやらせてしまう。本当は無駄なおつきあいをしているのだ。その間にも会員内の右翼系の人たちは嫌な顔をして見ている。そして数寄屋橋の橋ぎわでは左翼系の一団が、金芝河擁護のためのハンガーストライキを何日か続けているのだった。

私はペンの会長として、言論自由の問題ではあるけれども、あのハンストには全く関心がなかった。あれもまた或いは自己顕示の一行為であったかも知れない。東京数寄屋橋に於ける十人ばかりのハンストが、はるか韓国の朴政権を動かして、そして金芝河の言論自由の擁護に対して、そよ風ほどの力でも加え得るとは私には考えられなかった。彼等左翼系の人たちはむしろムード派であるのかも知れない。

金芝河問題は、あれも一時の流行であった。あの問題で騒ぎ立てるのが、いっぱしの自由の闘士であるかのように見えた。たくさんの情報を知って居る人が、事件にふかい関心を持っている人であり、時代にめざめた人のように見えた。しかしそれが一時の流行にすぎなかった証拠には、金芝河問題は現在まだ梟（けり）がついているわけでもないのに、今はもう誰も何も言わない。つまり流行遅れになってしまったのだ。その軽薄さが私には解っていた。しかしあの時代に、君たちは軽薄だとは言えない。冷たい目で静かに見過しておくより仕方がなかった。

それと関連して、たった一人の金芝河問題であれほど騒ぎ立てた人たちに私は聞きたい。中国の文化大革命は数々の著名な作家文人を、逮捕したり凌辱したり自殺せしめたり、散々なことをやってのけた。あの大事件について日本の左翼的作家、評論家、新聞記者は一言半句の抗議もしなかった。あれはどういう訳なのか。（ペンクラブも抗議をしなかった。）中国は左翼系だから抗議しないのか。韓国は右翼の国だから抗議するのか。文化大革命は毛沢東の暴挙であったと私は思う。かつて原爆反対運動の一部の人が、ソ連の原爆だけには反対しないという態度を表明して、世間の憫笑（びんしょう）を買ったが、金芝河の言論問題もそのひそみに習ったのであろうか。そういう片ちんばな行動を、自分で恥かしく思わないのだろうか。

国際ペンセンター書記長エルストーブ氏から韓国ペンセンターに宛てて、（金芝河の裁判についてオヴザーバーを派遣する事を考えている）という手紙が発せられたのは、もう二年も前の事になろうか。この時の韓国ペン本部の動き方は複雑であった。オヴザーバーはよこして貰いたい、それによって韓国ペンが（言論擁護のためにどんなに働いているか）を見てもらえる、しかし英国人がいきなり韓国へ来ても手加減がわからない、取扱いにも迷う……だからという訳で、（そのオヴザーバーはかなり事情の解っている日本ペンから派遣してもらいたい、旅費等も安上がりだから……）と英国へ回答した。この回答の中には、やって来るのが日本のペンマンならば、韓国ペンとしてどんなにでも（談合ができる、妥協もできる）という風な計算もあったかも知れない。

　間もなくエルストーブ氏から、（日本ペンから韓国へオヴザーバーを出してほしい）と言って来た。但し書きがあって、（そのオヴザーバーは国際ペンの委嘱でソウルへ行くものである）と書いてあった。つまりその人は日本ペン会員であるが、ソウル訪問は国際ペンの派遣員としてである。

　私はこれに対して、（日本ペン会員を派遣することは断っても宜いんだ）と一応は発言している。国際ペンの委嘱を何も有難がって、易々として応諾する必要はない。しかし私の発言は理事会で問題にされなかった。国際ペンの委嘱という文句なしに、行くべきだと皆が思ったようであった。私は不満であった。

　韓国の裁判は二三日前にいきなり日取りが発表される。そこで日本からあわてて飛んで行く。法廷に入れて貰うまでは良いが、言葉はまるで解らない。解るのは被告の様子や判事、検事の様子。それから通訳による説明を聞いて帰るだけの事である。どれだけの報告ができるものか。また金芝河という自己顕示的な人の為に、そこまで日本ペンがばたばたする必要があろうとは思わない。日本ペンは国際ペンの使い走りではない。……しかし日本の理事会の大勢は（当然行くべし）という具合であった。会長として私は卑怯であった。つまり私は孤立無援であったから、黙って理事諸君の議決に従った。私は日本ペンを、これ以上この事件に深入りさせたくなかったが、多勢に無勢であった。

こうしてソウルへ行ったのが白井（浩司）君と藤島（泰輔）君である。二人は裁判傍聴のあとで韓国ペン幹部から記者会見をしてくれと求められた。しかし二人は記者会見をする立場ではない。見聞の結果を国際ペン本部に報告しない中は、意見発表の自由はない。ところが韓国ペンはしきりに記者会見を要望した。韓ペンとしては第三者の口から（良い印象）を語ってもらいたかったのだ。韓ペンには宿舎のこと、連絡のこと、傍聴手続き等々で世話になっている。彼等二人はそこで妥協した。これがまちがいの元だった。（韓国の新聞記者とだけ会見する）約束だったが、その中にどういう訳か朝日の記者がまぎれこんでいた。これは潜入したものであるか、誰かの謀略であったのか、私は知らない。

とにかくこの記者会見から（日本ペンクラブは、韓国に言論の自由があると言っている……）という大きな記事が作りあげられた。駟も舌に及ばず、一旦新聞に出されてしまったものは取り消しが利かない。このペンクラブにとって迷惑至極な事件は、多分今年四月五月の革新派の行動の原動力にもなっているだろうと思う。瓢箪から駒が出たのだ。つまりペンクラブの幹部は信用できないという印象を世間に与えてしまったが、実はペンクラブには責められるべきものは無いのだ。白井君も藤島君も、（あの新聞記事のような事は私は言って居ない）新聞記者の捏造だと言っている。新聞は事あれかしだ。私は新聞記者の無責任を歎かわしく思う。そして桂冠の日に新聞記者を罵倒した佐藤栄作の心境が、少しばかり解るような気がする。

このペンクラブ派遣員の放言？が新聞に出ると同時に、韓国ペン会長白鉄氏はあわてて東京へ飛んで来て、汗を流して陳弁していた。しかしもうどうする事もできない。

私はこの事件について（二人の派遣員が発言したことの内容は、日本ペンクラブとは無関係である）という態度をとった。白井、藤島両君は国際本部の使命をおびており、国際本部に復命する義務があり、その間日本ペンは彼等二人から報告を聞く権利もない。彼等二人はソウルに居る間は国際ペンの人間であって日本ペンの代表ではない。彼等のソウルに於ける発言に日本ペンは責任はない。……

私は筋道としてはこれで正しいと思う。しかし新聞が書き立て人々が騒いでしまえば、もうどうすることもできない。そして何もかも、会長の責任になってしまった。私は新聞は暴力だと思った。真実の報道を誇っている新聞は、真実のすぐ隣に在って、そして真実らしき虚偽を伝えていた。

もともと言葉も解らない外国の法廷裁判を、いきなり傍聴に行って何程の効果もあるはずはない。エルストーブ氏にそれくらいの事が解らないはずはない。彼は国際ペンの書記長として、韓国の言論弾圧に対する彼の深い関心を表示して見せればそれでいいと思っていたに違いない。韓国は立派な一独立国である。その国の法廷に対して抗議したり要望したり忠告したり反省を促したり、そんな無礼な事ができるはずもない。オヴザーバー問題はゼスチュアのつもりだった。それが日本ペンでは大事件にされてしまった。事件のないところに事件を造られてしまった。有力な会員であった白井君は嫌気がさして退会し、藤島君は理事を辞任した。……だから私ははじめに、このオヴザーバー問題は辞退したいと思ったのだ、と言ってみても、もう遅かった。（私は理事会の賛成を得て事務局から国際ペンに宛てて、白井、藤島両君の派遣費を請求させた。当然のことである。しかし少くとも私の在任中、国際ペンからは何の応答もなかった。これは重ねて何回でも請求してやるべき事柄である。）

金芝河事件に関してはまる二年から足かけ三年にわたって、日本ペンは大変に迷惑した。日本ペンの左翼的または左翼風な作家たちは、あの事件をまるで日本ペンの責任ででもあるかのように騒ぎ立て、幹部追及の手段に使った。言論弾圧事件はたしかに起っているのだから、ペン幹部としては抛っては置かれない。しかしペンクラブのような民間の小さな団体として、有効適切な手段などは有り得ない。声明を発したり遺憾の意を表したりというゼスチュアだけしか無い。それについては古くからの幹部会員はことごとく、温厚にして寡黙。左翼的な青年会員の攻撃に対して、勇敢な意見の発表は一度もなかった。まことに一言もなかった。

国際ペンについては極く短く触れておきたい。

国際ペンの大会は八十乃至九十の各国代表が出席して、みなペンマンだから良い会合になるかと思うと、近年はまるで国連のように裏面工作があったり、謀略があったり、要するにペンマンの会合というよりはその作家たちの国の人が、国の利害を背負って集まっているようだ。東独の作家は東独の立場ばかり主張してゆずらず、右翼国家の代表は左翼国家の代表を非難する。これでは政治家の集団と同じではないかと疑われるような、そんな傾向が強いようだ。

そこへ持って来てこの数年、会合のあるたびにソ連がオヴザーバー数名を出席させ、終始を眺めて帰って行く。ペン本部はしきりに入会を勧誘しているらしいが、これは何を目的にしているのか。大国の加入が体裁がいいからだろうか。

ところが今年の春ロンドンで開かれた大会に、出席したソ連オヴザーバーの団長はフェドレンコ氏であった。政治家の中では文化的なセンスを持った人であって、日本駐在大使時代から私も何回か会っているが、その後に国連大使もした著名な政治家だ。

今は国営出版局の最高幹部であるらしいが、そんな人間がペンクラブ代表となって国際大会に出て来たら、ペンクラブの性格は崩れてしまう。私は絶対にソ連を入会させてはならないと思うが、国際ペン本部は入会歓迎であるらしい。この秋のシドニーの大会には日本代表から、ソ連加入反対の提案をしたらどうかと私は思うが、あまり勇敢な発言は自分をも傷つけるだろうし、第一もう私が口を出す筋ではない。

芹沢（光治良）さんが会長、私が副会長の時、現在のいわゆる革新派の諸君二十数名が一度に入会申込をして来た。この人たちは其の時からして、従来のペンクラブとは違った雰囲気を持つ人たちであった。しかし入会資格としては、何も不適当なものはない。その入会を審議する理事会の席で、私は特に秘密会を要求し、記者諸君の退席を求めた。

理由は野坂（昭如）君であった。彼は当時は刑事被告人であった。それは言論表現にかかわる事件であったから、彼がもしもペンの会員となったのち、ペンクラブに公判の応援を求めて来たらどうするか、という事が私は心配であった。例の（四畳半……）を雑誌にのせた事を、猥褻物出版刊行の行為であると見るならば、ペンは会員野坂を見殺しにしなくてはなるまい。また猥褻でないと判断するならば、ペンクラブを挙げて法廷闘争をやらなくてはならない。野坂君の入会を認めるならば、それから後の事について、ペンは覚悟をきめておかなくてはならないと思うが、どうか。

私自身があれを猥褻と見るかどうか、ではない。ペンクラブがいずれかの見解をきめておかなくては、近い将来に窮地に立つかもしれない。それが心配であった。二十人ちかく居た理事は、誰も何も言わなかった。何も意見がなかったのか、意見はあっても発表しなかったのか。

私はもっと多くの討論を期待していたが、何も出なかった。野坂君の裁判に関心がなかったのか。そんな低俗な問題に触れたくなかったのか。……最後に田辺茂一君が言った。つまり野坂君が入会して、裁判への応援を求めて来た時には、（その時はその時で、また考えるということでいいじゃないだろうか……）

それっきりだった。私の心配は空廻りだった。幸に、野坂君からはその後一度も応援を求められなかったから日本ペンは助かったが、野坂君がもしも意地わるくペンに応援を求めて来たとすれば、ペンはあの（四畳半……）を猥褻とするか否かで、見事に内部分裂を起しているはずであった。

事件は起らないですんだ。しかし私は、何事も起らなかったということに、甚だしく失望した。これでは本当の意味の言論擁護など、できるだろうとは思われなかった。理事会を途中から秘密会にした事など、私の考え過ぎであった。

何でもないことが大事件になったり、大事件になるべきものが何事も起らなかったり……私は不思議な経験をした。

革新的な青年作家諸君が大挙して入会した動機は、(ペンクラブの現状を革新する為)ということであったらしい。なぜ彼等がそんな強い情熱を持ったのか、私には解らない。ペンクラブはそれまでは彼等諸君とは何の関係もない団体であった。中にはペンクラブを乗っ取るのだと放言した人もあった。ところが事実は、ペンクラブはこれらの人々に対して、城門を八文字に開いて入会を受け容れた。私はその当時から一貫して(吾々は遠からず退陣する人間である、あとは彼等若い人たちに引き受けてもらうより他はない。宜しく頼むぞ)と言い続けて来た。新聞社の諸君は記憶しているに違いない。しかし彼等は一方的に攻撃的であった。ペンクラブを乗っ取ったら何か良いことが有ると思ったのだろうか。

今春三月、ペンクラブでは役員改選の時が来た。私もまた任期満了、年齢は七十を過ぎ健康も充分ではなかったから、あとは誰かに引き受けて貰うつもりであった。先ず順序として理事全員の改選の手続きをとった。改選は無記名投票により、一人二十票までが有効投票と定められていた。

その間、革新派の諸君は吾々老文士共にとっては思いも寄らぬ事を考えていた。つまり政治家たちの選挙で行なわれる(組織票)を準備していた。七十名ちかい同志を集めて、仲間から選抜した十五六名の候補者に向って、集中的に票を集めた。

開票の結果がそのことを見事に証明していた。七十票から五十五票の間の当選者が、殆ど革新派ばかり十三四人ずらりと並んでいた。私はまさに時代が変ったことを痛感した。そして革新派の言う（ペンクラブ乗っ取り）が僅か二年にして実現したことを知った。（あとは彼等に引き受けてもらう）べき時が来たのだ。

私は大変に恥かしかった。嘗て、四十数年、五十年も昔のことであるが菊池寛が文芸家協会を創立したとき、或る一部の文士がそれを罵って、（文士が徒党を組むとは何事か）と言った。それは文士にとって大変恥かしい事と考えられていた。その協会は相互扶助的団体であって、徒党を組むという性質のものではなかった。

日本ペンクラブも飽くまでも個人加入であって、一人々々は決して徒党を組んではいなかった。しかしこの革新派に至ってはじめて、ペンクラブの中に徒党が生じた。私は恥かしい思いがしたが、彼等当事者は別に何とも思ってはいなかったらしい。

だから五月の会長選挙に向けて、新聞に詳しい報道があった通り、第一回目高橋健二氏に十四五票を集中し、第二回目中村光夫氏に十四五票を集中し、更に翌月、第三回目桑原武夫氏に票を集中した。見事な組織票である。

しかし、ペンクラブ革新を目ざした彼等、ペンクラブ乗っ取りを放言した彼等が、それだけの組織力を持ち抱負を持ちながら、なぜ自分たちの仲間から若き会長を押し立てて行かなかったのか。

なぜそれだけの自信がなかったのか。高橋、中村、桑原の諸氏が辞退した後に、もう一度高橋氏に就任を頼みこんだ、その弱気と彼等の集団行動とは矛盾してはいないのか。私には解り兼ねる。

後任がきまったので私の任期満了が二カ月遅れでようやく実現した。或るジャーナリストが葉書をくれた。曰く、(御苦労さまでした。作家たちも若い人は、グループだけで発言するようになりました。)と。

さて、何もかも、時代であり時節である。あとは何とでもやってくれ給え。そして私はあの有名な将軍の有名な台詞を、自嘲をまじえて呟いて見る。(老兵は死なず、ただ消え行くのみ……)と。――五十二年七月――

Ⅵ　死を前にしての日記より

新潮45　一九八五・五（没後発表／『昭和文学全集』十一巻・小学館・一九八八所収）

二月十七日（金）（昭和五十九年）

秋田市の青年会館のT氏から速達。同氏は去年の春頃来訪あり、私の為に文学碑を建てる計画が有るが……と言うお話であった。（文学碑と言う物はあまり好きでは無い、不動の石碑にあまり意味が有るとは思えない。むしろ、たとえば図書館の中に、記念室のような物でも造って貰えるならば、将来に向って動いて行く存在意義が有りはせぬかと思う）と言う意味の談話をした。T氏もそれに賛成してくれたらしく、恰も秋田市が市立図書館を建設中であったので、その話をしてくれたらしい。その話が実現されそうになったと言うのである。

手紙によると図書館の二階に二十四坪の場所が取れるように計画中であると言う。二十三日に上京、T氏が来訪してくれる由。私は原稿、著書、写真、スケッチ、油絵などを寄贈しようかと思っている。

夜、東京地方に大雪警報。庭が見る見る真白になった。此の冬は雪が多い。何か異常である。

二月二十日（月）

今朝は新聞が来ない。間の抜けた朝。

二月二十三日（木）

今年の一月二月は雪が多くて、流行のテニス場やゴルフ場は使えなくて困って居るらしい。ゴルフ場は商人たちが造り過ぎて居るから少し潰れた方が良くは無いか。

二月二十三日（木）［日付の重複は原文のまま］

微熱を感ずる。低気圧のせいかも知れない。終日気持が悪い。

午後二時すぎ、秋田市から田口氏来訪。一時間ばかり話をしていて、疲れる。耳が遠くて注意して聞くので余計疲れる。市立図書館の中の私の記念コーナーは本ぎまりになりそうだ。これから資料集めにかかる。

資料は色々有るが私はすぐ疲れるので整理に暇がかかりそうだ。外に協力を求めたいものも有る。今の家に置いても将来は邪魔になりそうな物は皆委託しようかと思う。たとえば勲章、芥川賞の時計のような物も。

二月二十六日（日）

朝から雪。庭が白くなった。東京の人たちは皆雪に飽きて居る。

二月二十八日（火）

午後から夕方にかけて多少の発熱。何の熱だか解らない。一時間も牀に入っていると治る。体調は不充分だが酒が旨くなった。毎夜一合の三分ノ一くらい飲む。血圧が少しは下るかと思う。紅梅の枝がほんの少し赤くなった。ようやく春になるらしい。庭の日影はまだ沢山雪が残って居る。野鳥は餌が少いのでほとんど飢えて居る。パン屑を撒いてやると鵯（ひよどり）が雀を追い払ってむさぼり食って居る。野鳥は病気にならないのだろうか。病気になったらそれが天命でどうする事も出来まい。他人に助けて貰う事もできないし医学に頼る事も出来ない。つまり天寿に全部支配される。その方が良いのかも知れない。

二月二十九日（水）

不良わいせつ出版物が問題になっている。（言論表現の自由）と関係が有ると当局は煮え切らない。（自由）が強大な権力を持ったのは戦後であった。今や自由は黴菌のように至る所にひろまって、益よりは害の方がずっと多いようだ。それを害にしてしまったのは利慾心であり利己心である。本当の自由は大変に苦しいものだと言う事がほとんど解って居ない。今後の社会は自由とどのように闘うかと言う事にかかって居る。

三月二日（金）

自由を主張して自分の利益を確保しようとする人たちが、一生懸命になって自由を殺して居る。

アラスカのマッキンリーの冬山に単独で登った植村直己氏が遂に帰って来ない。新聞はしきりにそれを書いている。私には冒険の趣味も登山の趣味も無いが、度々やって居る中には一度は起るような事件だと思う。それを敢てやった人を（偉い）と思わなくは無いが、何もそれほどしなくても宜かったような気がする。（本人に取っては本望であった）と言う考え方も有る。しかし周囲の人はたまらない。人間は出来るだけ安全に生きる義務が有るのでは無いか。冒険の何割かは遊びである。遊びは悲劇で終ってはならない。

三月三日（土）

新宿や渋谷の強烈な風俗営業がようやく問題にされて居る。しかしその営業者は悪いと思って居ないのだから、問題は簡単で無い。生きる為の営業、もうける為の営業であって、営業の自由だと言うだろう。少々恥かしくても生きる為の営業ならば、我慢しなくてはならない。サラ金業者だって似たようなものかも知れない。人間は生きる為にはどんな事でもやるのだ。街の性風俗は少々の事で改善されるとは思われない。

長男の家族と一緒にひな祭りのすしを食べ、少量の酒を飲む。嫁がこしらえてくれた御馳走。二人の孫が大変に喜んでいた。秋田市の図書館に私の著書を一箱発送する。まだあと二箱ぐらい送る事になりそうだ。一度行って現場を見たいが行けるかどうか解らない。午後温室まで歩いて行って見る。三十メートル。何ヵ月ぶりである。シンビジウムの花が盛りであった。一鉢買ってから十年以上。今は殖えて六鉢も有る。

三月五日（月）

机の抽出しから古いメモが出てきた。曰く、（諸悪は商魂より始まる）（第二の諸悪はエゴイズムから始まる）（第三の諸悪は愛より始まる）と。その三つとも人生に於て避ける事が出来ない。生存競争がはげしくなったので商魂は日々に逞しくなって行く。同時にエゴイズムも激しくなる。そして愛は本能だからどうする事も出来ない。

三月七日（水）

昨六日神戸の孫が入試に合格した。今日老妻は湯島天神までお札参りに行くと言って出かけた。七十になってよく面倒くさがらないもんだと思う。神様にも仏様にもよく尽す。信心ごころが有ると言うのか。

彼女は春秋のお彼岸にも盆暮にも墓参する。墓参が好きだと言う。宗教的人種、信仰人種であるらしい。そして私は非信仰的人種である。その事を私は良いとは思って居ない。殊に女性は強過ぎない程度に宗教人種である方が柔らかくて弾力的で、人好きがする。私の非信仰は人間として冷たいのではないかと思う。

三月八日（木）

中国で育てられて来た（中国遺児）が肉親を探しに日本へ来て、新聞はそれを書き立てて居た。正直に言って私は不愉快であった。その遺児たちは誠に気の毒であり、その親たちも気の毒であるが、元はと言えば大部分が満洲国であり日本からの殖民であった。それをやった者は帝国陸軍であり、その片棒をかついだ政治家であった。そして責任者は誰も居ない。こんな無責任な事が有るだろうか。

敗戦後は米国軍人と日本人との間の混血児が多く産まれた。人間は生きて居る限り性が付きまとうから混血児は致し方無い。日本政府は何もしなかった。サンダース・ホームの澤田美喜女史が独りでそれをやった。政治家も軍人も一番大事な事は何もやらない。出す気になれば金はいくらでも出せるのだ。面倒な事はすべて民間に押し付けて平然としている。役人も軍人も体面ばかりで、あてにはならない。

〔以下、日附なし〕

私は川端氏芹沢氏の後について、日本ペンクラブの会長をつとめた事もある。ロンドンに中心を持つ世界ペンクラブの支部であるが、この大きな団体は、自己の事業と言うものを持たない、そして自分の資金と言うものを持たない（かすみ）のような団体である。日本大会はすべて寄付金でまかなった。事業と言うのは不当な処罰を受けているペンマンに救いの手を伸べる事であるが、ほとんど何の役にも立たない。救援の宣言は出すがそれは宣言に過ぎない。だから私は会長であっても何の権威も無かった。まことに空虚な団体である。ペンクラブの宣言に対して、相手側の機関が反抗しても、何の処置も出来ない。何の力も無いのだ。それでもペンクラブは何十年の歴史を持っている。まさに作家たちの抽象性である。〔国際ペン東京大会が五月十四日－十八日に開催された〕

私の結婚生活はほとんど五十年になり、私も妻も幸に長命であったが、元々他人同志であった妻も良人も、今は何だか解らない一個になっている。私はいずれ数年中に死ぬであろうが、それと同時に妻は生命力を失い、永くは生きて居られないだろうと思う。思うに男女とは、つながって飛んで行く二匹の蜻蛉のように偶然の関係であったと思うが、永いあいだにその偶然は必然となり、かけ替えの無いものとなる。その時まで続いて二人の性は重要なものとなる。若い時の華やかな性は一刻の火花に過ぎず、雑誌が面白がって書き立てる事の意味は無い。

年を取ってから後の良人と妻とは、美貌でもなく財産でもなく、その人たちの心情の美くしさや誠実さを相互にどれだけ深く掬み取って来たか、と言う事になるのでは無いだろうか。

そのようにして私は八十歳を迎えた。長寿はめでたいと言う。私は別にめでたいとも思わない。ただ相当にくたびれた。そして何もかも思うようにならない。身体は衰えてラジオ体操も思うにまかせず、外出も危い。半日は寝ているような次第だ。長寿とは辛い事である。ただ近づいて来た長寿の終りが安らかであればいいと思うばかりである。それとても願望であって、願望に過ぎない。

梅雨が終ったらしく、今日は快晴である。一日毎に暑くなるだろう。それを恐れる。今年ももし夏負けをしたら、私は抵抗力が無い。毎日営養分を食べて、少しでも抵抗力を養なおうと思っているが、そんな事で済むかどうか。

最近、夏の芥川賞直木賞の発表が有った。直木賞は当選者があったが、芥川賞の方は今回当選者無しであった。当選者無しと言う決定がこのところ何回か重なっている。

なぜ当選者が無いか。私は解っているような気がする。今日の作家はみな大衆的民衆作家であって、長たらしいもの、そして面白おかしいものは書けるが、短いものそして芸術的なものは書けない。短篇小説とは短い小説だとしか解っていない。文芸雑誌の作品がみな何百枚の長篇であり、省略の無い、ただいたずらに長いばかりの作品である。

今日の青年作家たちは短篇小説と言うものの美しさを感じる能力が無いように思われる。短篇小説の美は文芸の美の一つの極致だ。それが解らなくなったから、すべての有望作家たちがみな大衆雑誌に大衆小説を書くようになった。そして自分の下落を感じていない。是では文芸作品による精神の高揚は望み得ない。人格の練磨も有り得ない。

社会全般に、商行為、商業意識が強くなって来た。収入が多くなくては幸福は有り得ない。そして更に、商売意識がすべての行為を支配するようになって来た。そして商策が諸悪の根源になって来た。作家たちに取ってももうける事が基本的な目的になって来た。

（芥川賞）は向う十年間ぐらい中止したらどうであろうか。中止する事によって、文芸に対する美への要望が飢えを感じさせ、改めて美しい高度な作品が待望されるかも知れない。芥川賞が出発した当時の、その新しい期待を思い出して貰いたいと思うのだ。〔第九十一回芥川賞選考会が七月十六日に開かれた〕

何とかと言う老人のボール遊びがはやっている。何もする事の無くなった、そして何も出来なくなった老人たちの遊びであるらしいが、私はまだやって見ない。面白くも無い。

若者は何をやっても面白いし、また何でもやれる。老人のやれる事は少い。ようやくボーリングを発明しゴルフを発明したが、今世紀に入ってみな青年たちに奪い去られてしまった。そして青年たちは新記録を打ち立て、多額の賞金を貰いうれしがっている。主催者が年齢制限を設けて、青年を閉め出したらどうであろうか。青年はもっと青年らしい遊びをすればいいのだ。

五十代以後の水泳と言うものも有っても宜い。私のゴルフは五十代以後に最高の成績を出している。あまり若いうちは駄目と言うスポーツも有るのだ。体力だけがスポーツではない。智力の協力も有るのだ。

昨日今日の朝日新聞は高校野球の記事で、まるで野球新聞である。私は高校野球に何の興味も持っていない。こんなにスポーツに片寄ってもいいのか。嘗てヨミウリ新聞が自己宣伝をあまりやるので、私はとうとう購読をやめてしまった。朝日も見識が無いと思う。テレビの番組と同様、視聴率が高いからと言って、格を下げる事にも限度が有ろう。

今日出海氏死去。七月三十日。私は特に私的交友は無かったが、永いあいだの知人であった。全体に柔らかい人柄で、骨張った感じは無かったが、しかし決して骨無しではなかった。文学人の中で役人をつとめる事の出来る数少い人柄であった。私などには役人仕事は三日とつとまらない。すぐに腹を立ててしまう。幅の広い人であった。

古くからの私の知人も次々と亡くなった。小林秀雄、尾崎一雄、みな八十を過ぎていた。順序から言って私が世を辞する日も遠くない。今氏脳梗塞であったと言う。私もそれが持病になっている。いよいよ先が見えて来たと言う気がする。葬式は鎌倉のカトリック教会と書いてあった。氏がいつカトリック信者になったか知らなかった。

オリムピックのニュースが多い。スポーツだから幾分の敵意を含む。しかし平和の祭典だと言う、本当にそうか。選手は各々国旗をかざして入場する。なぜ国旗が必要か。ソ聯の脱落も国家単位でやろうとするからだ。勝者の為にその国旗をポールに揚げる。みなヒトラーの亜流ではないか。

オリムピックは個人単位とせよ。ポールに国旗を上げる事はやめよ。入場式の国旗は廃止せよ。国別のメダル数を表明するな。そしてもっと地味なものにせよ。種目を半分に減らせ。今のオリムピックはそのまま軍国主義である。世界の選手を一堂に集める事は無い。世界を五つ六つに分けて競技せよ。世界一を争う必要は無い。東洋一、アメリカ一で充分である。今のオリムピックは愚劣な部分が少なくない。〔ロサンゼルス・オリンピックが日本時間七月二十九日－八月十三日に開かれた〕

昨日は終日照りつけて、大変な暑さだった。暑さを耐えるのは辛い。息苦しくて起きて居られない。家妻は運動せよと言うが、私は運動どころではない。足が不自由で手が不自由で、眼が不自由だ。（俳句でもやったらどうか。暇つぶしになるだろう）と言うが、俳句と言うものがまるで面白くない。旨味と言うものが少しも舌にしみて来ない。つまり賞味する能力を失っている。人間が猿になったようなものだ。もはやどうしようも無い。

私はとも角も作家になる為の才能だけは有った。だから今でも字を書く事に退屈はしない。但し、短時間で疲れるようになった。

神戸に居る次女が援助を求めて来た。子供たちが大きくなって家がせまいと言う。何とかしたいと言う。事情はよく解るが、それは彼女一家の問題ではなくて、日本中の問題だ。彼女の良人は大学教授である。しかし日本中の大学教授が安い給料で四苦八苦している。私の若い頃は貸屋貸地がいくらでも有った。今はそんなものは無い。土地を買って建てれば都会地では何億である。サラリーマンにはそんなかねは出来ない。

ありとあらゆる重税を何とかする事だ。それ以外に庶民の助かる道は無い。重税があらゆる犯罪の原因である。政治家たちが政権を争っているような時代ではない。孔孟の古い道徳を今の政治家に学ばせたい。それが出来ないのが、核問題と同様、社会の癌である。

保守政党は基本的に（富の平均）と言う事を言う。庶民の富を平均して平安を保とうと言う。論理は一応解るが、平均をどこに定めるのか。今の平均は低い所に平均させようとしているらしい。つまり人民をすべて貧民にして平等にするのである。その証拠が重税だ。

東京に千坪の土地を持つ人が、大阪の息子に相続させようとすれば、相続だけで富は半分になる。その土地を売ればまた半分になる。その金で大阪に土地を買えばまた半分になる。つまり千坪はざっと八分ノ一の富になる。彼は何も悪い事はしていないのだ。富の平均とはそういう事である。悪政でなくて何であろうか。庶民はそれをどうする事も出来ない。犯罪がふえるのは当然である。

私は子供にゆずるつもりで小さな土地を持っている。持っているだけで毎年税を払わされる。保有税と言う。政府は取るつもりならばいくらでも取れる。仁徳天皇と逆である。


男女同権問題は流行である。当然と考えられている。しかしそうだろうか。男の側にも言い分は有る。

女は理由無くして厚遇される。女は親切にされる。やさしくされる。若い中は生活に困ったら裸になればいい。一つまちがえば巨万の富を得られる。男はそうは行かない。

額に汗して、苦しみ、力んでようやく生きて行く。闘いであり苦難である。女は恥かしさを棄てればそれでよいのだ。平等論はあまり大きく宣伝されたくない。本質的に平等ではないし、平等で無い事によって女性はうんと得をしているのだ。本当に平等にされたら女はうんと損をするだろう。

第一、銀座の商店を見たまえ。売っている物のほとんど八割は女性用の品物である。それを男は耐えているのだ。（男性は女性の為に生きている）と言ってもほとんどまちがいは無い。

年をとり病気をしている間に歯がガタガタになってしまった。昨日付き添われて目黒の歯科へ行った。犬歯が一本、見るも無惨になっていた。抜いてもらう。（八十年間、御苦労様でした）と言って別れた。入れ歯が外れて物が食べられない。いま、生きている自分の歯は二本ぐらいしか無い。

毎日のように証券会社や不動産業者から電話がかかって来る。私は彼等の話を一切聞いた事が無い。彼等は全部悪党だと私は思っている。

（悪）の研究が現代の最も強力な生活条件ではないだろうか。（善）などと言うものはもはや敗北的である。（もうける）と言う事は既に一種の悪ではないだろうか。古風な倫理道徳は書き直されるような時代になって来た。

蟬が鳴きはじめた。殊にみんみん蟬がうるさい。東京ではほとんど日ぐらしを聞かない。

韓国の大統領が近く来日するらしい。それについて中曽根氏は（過去の失敗はくり返さない）と言って居るが、それは理由が無い。機会があればあの失敗をまたくり返すだろう。素質は変っていないのだ。

日本人は本質的に民度が低いのだ。程度の低い誇りが大変に好きである。そういう下等な誇りが何とも嬉しい。韓国人に対する無意味な誇りが非常に嬉しかった。精神の下等さは少しも直っては居ない。是は教育改革などで直せる事ではない。自分の心に自分の美を持たないという事だ。嘗ては支那人をチャンコロと言った。あの貧しい誇りは今も改められては居ない。

作家有吉佐和子氏が急死した［八月三十日］。私とはほとんど縁は無いが、沖縄旅行で一緒になった事も有り、何かの祝いにカトレヤの花鉢をもらった事も有る。新聞に依ると近頃大酒して何か荒れて居たらしいが、良人を見失った事も彼女の孤独の一つの原因ではなかったか。まだ五十過ぎの、働らきざかりであった。

去年の秋と今年の暮、二度の入院で本当の私の人生は終った。入院中何程か私は死にたいと思った。からだが思うように動かなくなり頭も動かなくなった。視力も聴力も衰えてテレビも新聞も何も面白くない。ただ寝て居るだけであった。寝返りすらも思うようにならない。何もする事が無い。今から恢復するだろうと言う望みも無い。生きている事に何の意味も無かった。私は本当に死にたいと思い、死ぬ事を考えた。窓から飛び下りるのは簡単だ。しかし窓まで歩いて行かれなかった。その頃ほとんど物を食べなかった。しかし絶食で死ぬ事は容易でない。

四月に退院して何とか無事に生きているが、夜が実に長い。自分の将来についてあらゆる希望は無くなったが、ただ二人の幼い孫の成長を見たいと思う。それは漠たる願いであって、私の事ではない。ただ孫たちの将来はさぞや息苦しい事だろうと、それを可哀相に思う。しかしどうする事もできない。

死ぬ事に何の未練も無いが、死ぬ事が苦痛でないように願う、その苦痛だけが辛い。もはやあらゆる望みは捨てた。今までのところ、妻にも子供や孫にも相当の仕合せを贈ることができて、怨みを買うものは無いと思っている。その事は私の努力であった。

静かな死を待っている。この夏の猛暑に私はよく耐えたと、みずから感心している。しかし来年の夏に耐え得られるとは思っていない。

昨夕は雨。秋冷が早くやって来た。大根を蒔いて丁度よかったようだ。大きな入歯を作ったが、この歯で食べると他人が食っているような気がする。

先日東京で、一億六千万円の現金が強奪されたが未だにつかまっていない。グリコ社長強迫事件もつかまっていない。何だか大どろぼうは捕まらないようだ。泥棒がうまいのか当局がにぶいのか。近頃は完全犯罪がいくらでも有るらしい。常識を変えなくてはならない。倫理教育も変えなくてはならない。健全な道徳を守る為にも不正事件はきびしく正さなければならない。しかし政治の中枢が不正だらけだから是は言って見てもはじまらない。

先日の自民党本部放火事件〔九月十九日〕も犯人がまだつかまってはいない。従って今後大事件はいくらでも起る事になるだろう。

区役所から長寿のお祝いと言って金六千円を貰った。何歳からが長寿であるのか、家妻には何も無い。とにかく何もしないで貰った六千円は有難い。そんな予算が区に有るのか。祝ってはもらったが、老人と言うものは辛いばかりで嬉しい事は何も無い。新聞の字は半分しか読めないし、雑誌もほとんど駄目。テレビの言葉はほとんど判らないから、仕方無しにプロ野球ばかり見ている。

秋田の市立図書館にある（石川記念室）が十月一日にオープンするらしい。話があってからまる一年ぶりである。

臨教審〔臨時教育審議会。一九八四年九月発足〕に向って某氏等は（道徳教育を見直せ）などと言っている。枝葉末節だ。税金を下げて月給を上げさえすれば道徳はおのずから改められる。衣食足りて礼節を知ると、解って居るではないか。いま官吏も警察官もみな罪を犯す。税金が犯罪の根本原因である。教育問題ではない。

田中角栄問題がいつまでもくすぶって居る。国会はどうする事も出来ないらしい。国会よりももう一つ上の力が無くては事は納まらない。以前には元老院があった。今はそれが無いから議員たちが各々の利害でうろうろしている。天皇に政治力が無いと言うのは良くもあり悪くもある。

アフリカ、エチオピヤの多数の住人が、飢餓に死につつある事がしきりに報道されているのに、同国は英国から大量のウイスキイを輸入していると批難されている。こまかい事情は私は知らないが政治家と言うものはそれほど庶民から離れているものである。

各国はアフリカに食糧を送っているが、私はむしろ避妊薬を送る方がいいと思う。つまり人口をふやさない事だ。ふやせばそれだけ餓死者がふえる。ヒュマニズムなど言っていられない。産む権利も無い。育てる義務を尽せないのに産む権利の有ろうはずは無い。ふやさない事が最大のヒュマニズムである。

年老いて、碌なものは書けなくなってから、私の生涯は一体何であったかと思う。永いあいだにずいぶん書いたものだ。数えて見た事は無いが、きっと二万枚ぐらいにはなったろうと思う。

若い頃は趣味的であった。人生派と言うか、自分中心に愛とか恋とかを主題とした事が多かったようだ。しかしそれは私の本筋では無かった。完全に無名の時代から私はまるで違ったものを考えていた。それがはっきりした最初の作品は「日蔭の村」「蒼氓」であった。此の時から私の作品は社会への抗議となり政治への怒りとなった。そして最後になってその性格は明確になった。「望みなきに非ず」となり「人間の壁」となった。つまりこのようにして私の作品は良きにつけ悪しきにつけ、私自身のものとなった。「傷だらけの山河」もそれであった。「青春の蹉跌」もそれであった。

いま、私はまだまだ社会や政治に抗議すべきものが少くない。しかしもはや根気がつづかないし闘志がつづかない。若い人たちが忙しそうに書いているのが羨しいが、もはや私には出来ない。（社会派）の私はたくさんの仕事をしたようでもあるが、要するにみな虚しかったような気もする。夏目漱石、志賀直哉などの文豪が結局何を書いたかと言うと、みな虚しかったようにも思われる。文芸とはそのような虚しさの底から、滋養分ではなくて（味）だけが残るものではないのか。

極く少数の人たちが、多分今でも私の作品の（味）だけは知っていてくれるのではないかと思う。せめて私はそう思いたい。

解説　言論表現の自由と戦後

石川　旺（長男・上智大学名誉教授）

著者石川達三は第一回芥川賞受賞作家。社会派の作家として長く活躍した。一九三八年に日中戦争の現場を取材し、戦場の実態を描いた『生きている兵隊』を発表したが、日本兵の残虐行為などを描いているとして掲載誌の「中央公論」が即日発禁となり、起訴されたことでも知られる。この件では結果的に禁錮四か月、執行猶予三年の有罪判決を受けた。

本書は達三の著作のうち、単行本に収録されなかったものを集め六部に構成したものである。第I部の《徴用日記》は、一九四一年の太平洋戦争開始直後に海軍報道班員として徴用された達三が、東南アジアで過ごした日々の日記の抜粋である。日常の描写の中に占領地での実情が伺われるのが興味深い。移動の為に予約した陸軍機が飛行場に行ってみたら司令官のウィスキーを運ぶことに予定変更されていて乗れなかったり、日本兵が街中で買い物をしても所定の料金を払わなかったりというような事実も挙げられており、占領地の実態が「聖戦」とは程遠かったことがみてとれる。

この時期の達三は軍の要人、関係者などに直接取材して「南部仏印進駐」の実態を明らかにするという課題を立てており、取材活動の経緯も記されている。この取材結果は後に『包囲された日本　仏印進駐誌』（集英社　一九七九）に結実した。太平洋戦争に至る道筋での南部仏印進駐の重要な意味を鋭く分析している。

この日記中、断片的ではあるが取材対象となった要人の無思慮な発言が取り上げられており、達三の批判の対象となっている。当時の閣僚岸信介に直接取材したという話もその一つ。

日本は開戦と同時に南方の油田を制圧したが、敵の潜水艦が遊弋(ゆうよく)していて輸送に危険が伴う。そこで岸が述べたのは「大きなゴム袋を作って油を入れる。黒潮はジャワ、ボルネオの方から北方に流れ東方に流れて日本の岸を洗う。黒潮に油の袋を放流して日本付近まで流れ着いたところで拾い上げる」。この談話は本書収録部分ではなく『恥かしい話・その他』（新潮社　一九八二）に所収だが、たとえば百の油袋を流していったいいくつ回収できるのだろうか。そしてそれにより輸送できる油の量はどれくらいなのだろう。そもそも、動いている輸送船が攻撃される状況の中を、油の袋がプカプカと無事に流れてゆくとどうして考えられるのか。安倍晋三現首相が尊敬する祖父の、何とも論評のしようがない想像力である。

第Ⅰ部の各章は報道班員としての報告であり、戦地の実態が描かれているが、戦中の論考をまとめた第Ⅱ部については、言論統制が厳しかった当時の状況を考慮しつつ読む必要がある。たとえば終戦の約一年前、一九四四年七月に毎日新聞掲載の「言論を活発に」という一編は、今日の状況下で読むと疑問点も見える。しかし、当時として可能な限りの抵抗が試みられており、「いい得る最大限の表現である。」と『暗黒日記』（清沢洌著・橋川文三編　評論社　一九九五）の中でも評価されている。

第Ⅲ部は戦後の論考であり、揺れ動いた時代を様々な角度から振り返っているが第Ⅳ部でははやくも、戦後社会のひずみを鋭くとらえ始めている。冒頭の『「良すぎて困る」』憲法』に、達三と国家との関係の紆余曲折を反映した、憲法に関する記述がある。憲法第十二条の「この憲法が国民に保障する自由及び権利は、国民の不断の努力によってこれを保持しなければならない」という部分を読むたび胸を打たれるような思いがする、と達三は述べる。そして民主国家の理想像をこれほど明確に示した憲法は他には無いとしたのち、改憲論の根拠というのはこの憲法が「良すぎて困る」からであり、支配者が権力を振り回すには都合が悪いからであると指摘している。この「良すぎて困る」というエッセイが一九六二年に書かれていることも興味深い。新憲法発布からわずか十五年。もうすでに権力者が困るほど「良い憲法」なのであった。

第Ⅴ部では文学やジャーナリズムに関連する著作を収めているが、「自己の文学を語る」で自身の文学についての姿勢が簡潔に明らかにされている。主要な作品について「何の為に書くか、何を目的に書くか」がはっきりしていたと明言し、「したがって社会の不正、不合理などを摘発するものが多かった。作品を書くことは私の闘いであった」と語る。

達三の先見性、批判の鋭利さは、時を経ても色褪せないと評価されることが多いが、一九五六年に書かれた「独裁ジャナリズム」という一編で展開されているジャーナリズム批判は、現在のジャーナリズム状況をまともに射抜いている。『ジャーナリズムの害悪』についてそれを追及した文書を見たことがない」。「その害悪を追及しようとすればジャーナリズムの力を借りなければならない」。ゆえに「ジャーナリズムの害悪は誰からも糾弾されない」ことになるという。

今日では学者・研究者によるジャーナリズム批判の論文は多く書かれている。「戦後レジームからの脱却」「積極的平和主義」といった空虚な言葉を大手ジャーナリズムが増幅している、という批判などもその一例であるが、しかし依然としてそれらがジャーナリズム自体によって大きく取り上げられることは少なく、ジャーナリズムの横行闊歩は止まらない。達三は実体を伴わない言葉がジャーナリズムによって実体化するという現象に当時既に言及している。「太陽族などという馬鹿な言葉を発明し、そういう人種があるかのように分類し、誇張された宣伝をすれば、逆に、太陽族みたいな人種が発生しそれが流行する」。これはジャーナリズムへの批判であると同時に、やすやすとジャーナリズムに乗せられる市民の側への警鐘でもある。

続く「小説についての反省」の議論の中で、性描写への批判が述べられている。むき出しの性描写が若い作家たちによって試みられるようになった時期であるが、小説における「性の探求」はほとんど無意味と断じている。性行動は本質的に生理であって美の要素は少なく、人間を全的に表現する方法ではあり得ない――こうした達三の性描写に関する考えやメディア・ジャーナリズムへの批判は、後の言論表現の自由に関する論議へとつながってゆく。

達三が関与した言論の自由に関する議論では、ペンクラブ会長時代である一九七〇年代半ばの、

「二つの自由」論争が良く知られている。言論の自由には「譲れない自由」と「譲っても良い自由」があるとし、思想表現にかかわる自由は譲ることはできないが、猥褻に関する自由は譲ってもよい自由であると述べた。

これは、問題を整理すればきわめて明快で、現在でも正当な議論である。すなわち、言論表現の自由とは、本来は権力に対して獲得された自由であり、権力側が都合の悪い思想表現を統制してはならないとする理念である。これに対して性表現などの自由は、市民間の関係における表現の自由であり、そこには商業的な成功を目論んだ猥褻表現が入り込んでくる。それは本来的な言論表現の自由とは異なるものであり、そこには規制も有りうるのではないか、というのが達三の論点であった。

その達三の議論に対して起きた批判は、通俗論の範疇に止まるものであった。猥褻表現に対する規制を認めると、そこから権力への言論表現の自由に対しても更なる規制が強まるので危険である、という論議である。あからさまな性表現を売り物にする作家などがそうした批判を展開し、性表現をひとつの商業手段とするメディアも、そうした批判をより多く取り上げた。

結果として、通俗論がまかり通る状況が生まれ、その後も続いた。今日では、性表現がますます過激化する一方で、権力に対する批判は逆に衰亡し、大手メディアは言論表現の自由を自ら放棄しているとすら見える。この現状を、達三はどう見るのだろうか。

既述のように、小説においてもエッセイにおいても、達三の様々な指摘は時代を越えてさらにその重要性を増すように見えるものが少なくない。その意味で、小説家ではあるけれどもその著作は、あたかも洗練されたジャーナリストの業績であるかのように見えるときがある。なぜそのような先見性を保ちえたのだろうか。

戦中戦後の大きく揺れ動いた社会の状況の本質を、達三自身は揺れ動くことなくより深く見極めていたのだと思われる。そして社会の本質には、周期的に出現する負の側面があり、それゆえに数十年も前の達三の論考・指摘が今日、又鋭く我々に問いかけるのではなかろうか。

ではその、社会の本質として周期的にあらわれる負の側面とは何か。

言論表現の自由の本来的な意味についても述べたとおり、市民は常に権力と対峙しなければ自由を確保することができない。憲法十二条にもあるように、国民は自由と権利のためには不断の努力をしなければならないのである。しかし、権力は常にそこに介入しようとする。そしてその権力に迎合するメディアが力を増し、さらに人々の中にその時流に乗ろうとするものが出てくると、社会は一気に負の局面へと動き始める。

今日の状況と一九三〇年代の状況との相似を指摘する声は多い。達三の数々の指摘が反響を呼ぶとしたら、現在もまた、その負の局面にあるということであろう。

石川達三略年譜

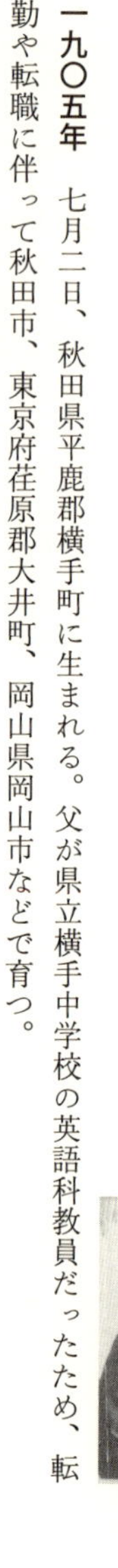

一九〇五年　七月二日、秋田県平鹿郡横手町に生まれる。父が県立横手中学校の英語科教員だったため、転勤や転職に伴って秋田市、東京府荏原郡大井町、岡山県岡山市などで育つ。

一九二七年　大阪朝日新聞の懸賞小説に当選した賞金で早稲田大学文学部英文科に進むも、一年で中退。

一九二八年　国民時論社に就職する一方、小説を「改造」や「中央公論」などに持ち込む。

一九三〇年　国民時論社をいったん退職し、退職金を基に移民の監督者として船でブラジルに渡り数ヶ月後に帰国、同社に復職。翌年、滞在中に「国民時論」へ連載した紀行文を初の単著『最近南米往徠記』としてまとめ刊行、また「新早稲田文学」の同人となる。その後国民時論社を再度退職し、嘱託として働く。

一九三五年　同人となった「星座」創刊号に、ブラジルの農場での体験を元にした『蒼氓』を発表。その後、同作で第一回芥川龍之介賞を受賞。

一九三七年　十二月、中央公論社特派員として中国大陸中部へ出発。翌年一月にかけ南京に滞在。

一九三八年　一月末、帰国。十一日間で『生きている兵隊』を書き上げ、「中央公論」三月号に発表。同誌は即日発売禁止となる。二月下旬、警視庁へ拘引されるが取調べは一日で終わる。蟄居中に『結婚の生態』執筆。八月四日、起訴。三十一日、東京区裁判所で公判。九月五日、判決。新聞紙法第九条第二号、第四十一条により禁固四ヶ月（執行猶予三年）。直ちに検事控訴。同月中旬、再び中央公論社特派員として武漢作戦に従軍。十一月帰国（その体験を元に「中央公論」三九年一月号へ『武漢作戦』発表）。

一九三九年　四月、『生きている兵隊』事件の第二審公判。判決は第一審と同じ。

一九四〇年　九月、『武漢作戦』刊行。十一月、紀元二千六百年恩赦で禁固四ヶ月を三ヶ月に減刑。

一九四一年　五月、南洋旅行。サイパン、テニヤン、ヤップを経てパラオに一ヶ月滞在。七月、帰国。十二月、開戦直後の陸軍に徴用、のち海軍徴用に変更され、海軍報道部の監督を受ける。

一九四二年　一月、海軍報道班員として捕鯨船「図南丸」で膨湖島、台湾を経てサイゴン着。二月、旗艦「鳥海」で陥落直後のシンガポールに入る。スマトラ上陸作戦の掩護艦隊でアンダマン諸島、ニコバル付近を経てペナンに上陸。四月、シンガポールに立ち寄った後、ジャワに渡り各地を視察。五月、シンガポールを経てサイゴンに帰り、ハノイへ。六月二十二日、帰国。「仏印進駐誌」を書き始めるが、発表不能。

一九四五年　一月、文学報国会実践部長就任。四月、家族を長野に疎開させる。五月、空襲で文学報国会事務局焼失。六月、文学報国会実践部長退任。七月、毎日新聞からの連載小説の依頼で、戦争の終わりと共に人生の最後を予感し「遺書」と題する小説を書こうとしたが、「成瀬南平の行状」に変更。連載がはじまると情報局、警視庁の弾圧を受け、家宅捜索ののち警視庁に連行。敗戦後の十月、自由懇話会発起人となる。十二月、『生きている兵隊』を刊行。日本文芸家協会創立総会で理事となる。

一九四六年　一月から七月まで、「潮流」に「仏印進駐誌」を連載（未完）。二月、日本文化人聯盟常任幹事となる。四月十日、第二十二回衆議院議員総選挙に東京二区で日本民党公認候補として立候補。候補者一三三名（定数十二名）中、二二位で落選。年末頃から再出発した日本文芸家協会の常務理事に就任、経済委員会の仕事に尽力。

一九四九年　芥川賞が復活、選考委員となる。

一九五〇年　九月、日本文芸家協会の「チャタレー問題対策委員会」委員となる。

一九五二年　四月、日本文芸家協会理事長に推される。また長男の小学校ＰＴＡ会長に推され二年間務める。五月、破防法に文芸家協会理事長として積極的に反対、国会の法務委員会で公述人として意見を述べる。
一九五六年　一月、日本文芸家協会理事会で「言論表現問題委員会」を常置することになり、その委員にあげられる。四月、日本文芸家協会理事長を満期辞任。理事としては引き続き在任。七月、世界ペン東京大会準備委員員就任。
一九五八年　教職員勤務評定反対運動を阿部知二、亀井勝一郎らと共に起し、四月二十一日、文化人グループ三百五十名の署名をもって木島東京都教育長を訪れ撤回を要請。警職法改正反対運動のために働く。
一九六〇年　安保改定問題について積極的に発言、行動。
一九六二年　六月、総評発刊の週刊誌「新週刊」独立にあたり社長に就任したが、九月に終刊。
一九六五年　三月、講演のため沖縄、石垣島へ旅行。
一九六九年　第十七回菊池寛賞受賞。
一九七一年　性の解放問題などについて議論となり、野坂昭如や瀬戸内晴美らの反論を呼ぶ。第六十五回芥川賞選考ののち、新人作家たちの作品を積極的に批判、選考委員を辞任。
一九七五年　六月二日、日本ペンクラブ理事会で会長就任決定。その記者会見で、「二つの自由」について発言。
一九七六年　五月、日本ペンクラブ総会で「二つの自由」問題について論争再燃。
一九七七年　四月、日本ペンクラブ総会において会長辞任申し出、七月に後任高橋健二と替わる。
一九七八年　三月、日本経済新聞に「徴用日記——私の履歴書」連載。
一九七九年　『包囲された日本　仏印進駐誌』刊行。
一九八五年　一月三十一日、胃潰瘍から肺炎を併発し死去。

（久保田正文『新・石川達三論』永田書房、一九七九年刊所収の「石川達三年譜」などを基に作成）

銀河叢書

徴用日記その他

二〇一五年八月十五日　第一刷発行

著　者　石川達三

発行者　田尻　勉

発行所　幻戯書房

郵便番号一〇一－〇〇五二
東京都千代田区神田小川町三－十二
岩崎ビル二階
ＴＥＬ　〇三（五二八三）三九三四
ＦＡＸ　〇三（五二八三）三九三五
ＵＲＬ　http://www.genki-shobou.co.jp/

印刷・製本　精興社

ISBN978-4-86488-077-0　C0395

✿「銀河叢書」刊行にあたって

敗戦から七十年。

その時を身に沁みて知る人びとは減じ、日々生み出される膨大な言葉も、すぐに消費されています。

人も言葉も、忘れ去られるスピードが加速するなか、歴史に対して素直に向き合う姿勢が、疎かにされています。そこにあるのは、より近く、より速くという他者への不寛容で、遠くから確かめるゆとりも、想像するやさしさも削がれています。

長いものに巻かれていれば、思考を停止させていても、居心地はいいことでしょう。

しかし、その儚さを見抜き、誰かに伝えようとする者は、居場所を追われることになりかねません。

自由とは、他者との関係において現実のものとなります。

いろいろな個人の、さまざまな生のあり方を、社会へひろげてゆきたい。

読者が素直になれる、そんな言葉を、ささやかながら後世へ継いでゆきたい。


幻戯書房はこのたび、「銀河叢書」を創刊します。

シリーズのはじめとして、戦後七十年である二〇一五年は、〝戦争を知っていた作家たち〟を主なテーマとして刊行します。

星が光年を超えて地上を照らすように、時を経たいまだからこそ輝く言葉たち。

そんな叡智の数々と未来の読者が、見たこともない「星座」を描く——

銀河叢書は、これまで埋もれていた、文学的想像力を刺激する作品を精選、紹介してゆきます。

それは、現在の状況に対する過去からの復讐、反時代的ゲリラとしてのシリーズです。

本叢書の特色

初書籍化となる貴重な未発表・単行本未収録作品を中心としたラインナップ。
ユニークな視点による新しい解説。
清新かつ愛蔵したくなる造本。

二〇一五年内刊行予定

第一回配本　小島信夫『風の吹き抜ける部屋』＊
　　　　　　田中小実昌『くりかえすけど』＊
第二回配本　舟橋聖一『文藝的な自伝的な』＊
　　　　　　『谷崎潤一郎と好色論　日本文学の伝統』＊
第三回配本　島尾ミホ『海嘯』＊
　　　　　　石川達三『徴用日記その他』＊
第四回配本　野坂昭如『マスコミ漂流記』

……以後、続刊（＊は既刊）